華志文化

華志文化

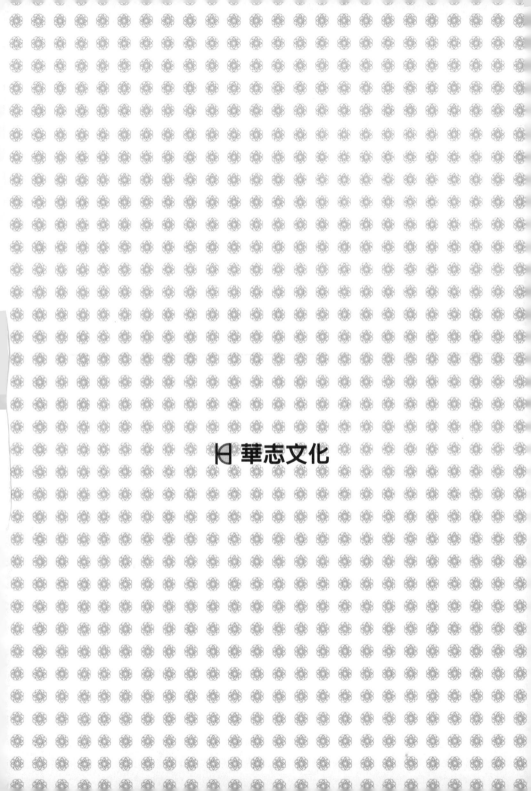

捧腹1001夜

笑——最珍貴也最便宜的禮物

弗雷德（Fred）編著

大笑能抑制壓力荷爾蒙，減緩衰老，增進健康，
因此，熟記本書，然後與人分享笑話吧！
笑是最便宜也最珍貴的禮物，它將使你成為最受歡迎的人氣王！

序

翻閱本書，你將開始一趟振奮人心的幸福旅程。進入笑話王國時，熱切希望你享受到所有的樂趣，一如我在為你架構這趟行程時所得到的樂趣。在編者蒐集、整理本書所需的資料期間，得到了許多暢懷大笑的機會，當然，也有許多次曾汗流浹背。

現實世界，人們往往由於各種原因而笑不起來，但其本意並非如此。人們總是在儲蓄自己的快樂，同時卻在透支自己的健康，而當我們真正想快樂的時候，卻再也無法快樂起來了。因為我們早已病入膏肓了。

然而，生活的快車卻在繼續飛馳，因此我們沒有理由不登上這絕無僅有的一列笑話快車。

逝者如斯夫，千萬別無限期推遲你的快樂——無論你是富翁，還是窮人；無論你是高官，還是平民，只要你用心去讀這本書，你就會

快樂起來，健康起來。

本書既不同於一般的健康書，也不同於一般的笑話書，它是二者的融合體，更是一本圖文並茂的歡樂大本營，是老少皆宜的笑話集錦。

目錄

第1篇　名人……008
第2篇　平民……030
第3篇　政治……062
第4篇　小資男女……086
第5篇　生活……112
第6篇　休閒……146
第7篇　動物……190
後記　搭乘笑話快車化解生活壓力……217

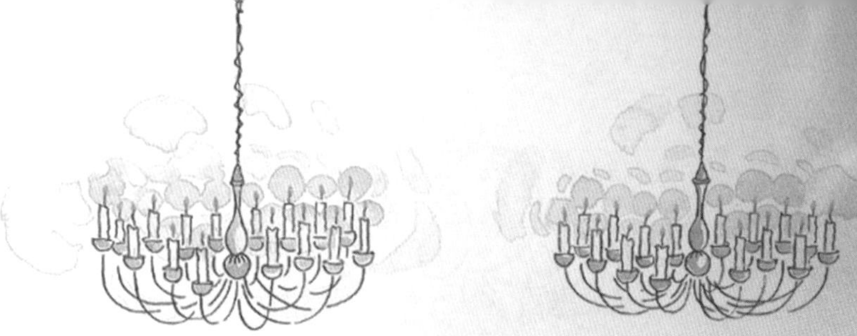

第1篇　名人

私事

在北卡羅萊那州的一宗強暴案中，法官問年輕的原告：「被告在展開攻擊之前，是否對你說了些什麼？」

這一問題令原告很困窘，因此她要求寫在紙條上，而不願口頭回答，法官同意了。在寫了紙條後，法官要首席陪審員把紙條在陪審團間依次傳閱。

有一位男陪審員從一開始就在打盹，突然被鄰座的一位女陪審員推醒，並傳給他一張紙條，上面寫著「我要讓你享受前所未有的性高潮。」

他慢慢地看，禁不住泛起微笑，然後把紙條塞進口袋裡。當法官要他再傳遞給下一位陪審員時，他義正詞嚴地拒絕：「這是私事，法官大人。」

農夫和學者

農夫和學者同乘一船，航行到河中，閒得無聊，決定做猜謎遊戲。二人決定，如果學者輸了，就付二十元給農夫，反之則付十元。農夫道：「什麼東西在河裡重五百一十公斤而在岸上只重十公斤？」學者苦思不得其解，遂付給農夫二十元。轉問農夫謎底，農夫道：「我也不知道，」並找還給學者十元。學者愕然。

名畫家☺

一位畫家問展覽館主任，是否對他正在展出的畫有興趣。

「我既有好消息也有壞消息，」主任回答，「好消息是有一位紳士詢問你的作品，而且想知道是否在你過世之後這些作品會升值。當我給他肯定的回答時，他買下了所有的十五幅畫。」

「太好了！」畫家繼續問，「那麼壞消息是什麼？」

「那傢伙是你的私人醫生……」

四個「偉大」的評論家

一個瞎子，一個聾子，一個歪脖子，一個瘸子，四人看了一場戲出來。大家討論今天的戲演得怎麼樣，聾子說：「戲演得實在不錯，就是唱得不好。」瞎子說：「唱得不錯，就是演員老不上台。」歪脖子說：「唱得雖好，演得也不錯，就是這戲台太不正了。」瘸子說：「戲演得都好，就是演員走路總是一高一低的。」

聖人與罪人☺

「聖人感化報告團」一位著名官員對一個道德最敗壞的罪人語氣懇切地說，「我的朋友，我也曾是一個酒鬼、強盜和殺人犯。是主的寬容造就了現在的新我。」

道德最敗壞的罪人將他從頭到腳仔細地打量了一遍：「自此以後，」他開口說道，「這主的寬容，我猜，還能夠再用一次吧。」

發明家的願望

有一位發明家非常不善於交際。在一次晚宴中，他想中途逃走回到實驗室。當他正在樓梯口徘徊時，遇見了主人。主人高興地說：「你的光臨，我們感到很榮幸，你正在沉思，是否又有什麼發明嗎？」

發明家點點頭說：「是的，我現在正想發明一條出路。」

純屬虛構

星期日，狗到河邊去釣魚。牠等了老半天也不見魚兒上鉤。這時，一隻貓走過來問：「先生，您是在釣魚嗎？」

「是啊！」狗愉快地說，「可今天運氣不好，一條魚也沒釣著，昨天我釣了十幾條！」

「是這樣嗎？」貓板起了面孔，「對不起，此地禁止釣魚，我是專職管理員，您交罰款吧。」

「您知道我是誰嗎？」狗一本正經地說道，「我是作家。虛構故事是我的職業，剛才說的一切純屬虛構，您怎麼能對子虛烏有的事情進行罰款呢？」

畫家與批評家

有一次，一位畫家在餐廳裡遇到了一位著名的批評家，這位批評家曾經不客氣地批評過畫家的一幅近作。

畫家對批評家說：「要想公正地評論一幅畫，批評家本人必須會畫畫才行。」

「我親愛的藝術家，」批評家回答說，「我有生以來就沒下過一顆蛋。可是，請您相信我，我比任何一隻母雞都更能品嚐出炒雞蛋的滋味來。」

應聘的考題

富翁想聘一名司機，他問每個求職者能駛向懸崖多近而不至於掉下去。

「三十公分，」第一個說。

「十公分」第二個說。

「八公分，」第三個說。

但是下一個求職者卻說：「我會盡量不駛近那個地方，且越遠越好。」

「我決定就雇用你了。」富翁當場決定。

幽默小品

音樂家與批評家

音樂家與一位非常有名、同時也很可怕的批評家在公園散步。這時，小鳥正在枝頭宛轉歌唱。

批評家指著小鳥說：「牠們才是世界上最有才華的音樂家。」

不一會兒，一隻烏鴉叫著飛過來。音樂家指著烏鴉說：「牠們才是世界上優秀的批評家。」

笨蛋說☺

一個演說家正在發表演說，但總是被打斷。他感到非常惱火，最後終於忍耐不住了，抓起話筒大聲地說：「今天晚上這裡好像有很多笨蛋說話，我們可不可以每次只允許一個笨蛋說？」後排一個人放肆地大笑著說：「真是個好主意，您繼續說吧！」

每月一次

問：「給你十秒鐘，請列舉每月都會來一次的東西!!（被問女藝人尷尬地直笑）。」

自答：「水電費帳單、電話費帳單、銀行帳單……」

妙方

一個心理學教授對會議主持人說：「如果你想讓到會的每一位婦女一下子安靜下來，只要向她們提出一個問題：『女士們，你們當中哪個年齡最大？』會場裡馬上便會變得鴉雀無聲。」

如果☺

如果哥倫布家裡有個老婆，他還能發現美洲新大陸嗎？她會說：「你要上哪兒去？和誰一起去？去找什麼？什麼時候回來？我看你的這次航海什麼也別想得到！」

主要的東西

一位詩人將他的詩遞給編輯，說：「這雖是一首小詩，但品質卻是一等一的。」

編輯讀了他的詩後，放進抽屜裡，遞給詩人一枚十便士硬幣說：「這是一枚稍微小一點的硬幣，我冒昧地希望您能喜歡它的純度，它幾乎是一等一純銀製作的。」

讓他為難

林德夫人執意要請一位畫家為她畫一幅半身肖像。

「畫上的我要佩戴鑽石項鏈、紅寶石手鐲、白金耳環和綠寶石掛墜。」她堅決地對畫家說。

「夫人，可是您實際上並沒有佩戴這些貴重的物品呀！」畫家認真地說。

「這你用不著管，」林德夫人說，「我這樣做是有道理的，我平時身體不太好，我怕萬一我死得比丈夫早，他會很快就就另娶一個年輕漂亮的女人為妻。有了這幅畫，他就難以向新娘講清楚這些貴重物品的下落了。」

有沒有看到我的老二

有一天，總經理帶著他的二公子到公司來。當總經理談完事情欲離去時，這時二公子正在上廁所，總經理看看四周找不到人，轉身就問祕書小姐：「有沒有看到我的老二？」

祕書小姐：「啊……」

畫家

一位眼科醫生成功地治好一位著名的超現實派畫家的眼睛。收費的時候，醫生說可以不收錢，但希望畫家為他畫一幅畫，內容由畫家自己選擇。

畫家很感激醫生為他治好眼病，於是他畫了一個碩大無比的眼睛，每個細節都細緻入微，特別在瞳孔的正中央為醫生畫了一個完美的肖像。

眼科醫生看到這幅畫後，一下子被畫家超人的藝術表現力所震懾了。他驚訝地張大了嘴，半晌才說：「謝天謝地，幸虧我不是肛門科醫生。」

生日「驚喜」

經理甲與經理乙是好朋友，某日，他倆聚在一起。

經理乙見經理甲神情沮喪，便詢問他發生了什麼事。

經理甲嘆口氣道：「昨天是我的生日，我的女祕書請我去她家給我慶祝生日。」

「那不是很好嗎？」

「可是到了她家，她讓我在客廳先等一會兒，並要我十分鐘後進臥室找她。說要給我一個特大驚喜。」

「那不是更好嗎？生日交上桃花運了。」

「我當時也是這麼想的。可是十分鐘後我走進臥室，發現我的女祕書和其他職員都在裡面，捧著生日蛋糕等著我呢！」

「這也不錯呀，你的職員都很喜歡你，你應該高興才是。」

「可是當時我沒有穿衣服。」

殷勤過分

某富翁在別墅舉辦新年音樂會，他的朋友和熟人們都到齊了。女主人請著名男高音歌唱家唱一首抒情歌曲。

「我倒是很樂意，」歌唱家說，「但時間太晚了，我擔心您的鄰居會說我們影響他們的休息。」

「那更好！」女主人激動地叫道，「他們那是活該。昨天晚上，他們家的狗也在我家窗下嗥叫，不讓我們入睡。」

粗心的教授☺

費爾丁教授一直都很粗心大意。妻子讓他把一包垃圾順道丟到屋外的垃圾箱裡，他卻糊裡糊塗地提著垃圾上了地鐵，又到了實驗室，最後又提著回了家。妻子大吃一驚：「你提著什麼？」費爾丁說：「哎呀，垃圾忘記丟了。」

妻子拿過來一看，更加吃驚：「你從哪兒拿回一包火雞腿？」

老相識

有位影視明星與丈夫離了婚，帶著僅有幾個月大的孩子一個人過。孩子每天都由保姆帶著去看他父親。幾年過去，夫妻兩人離異時的彼此敵視情緒已經淡漠。

在孩子六歲生日時，往日美好的回憶使孩子的父母不約而同地湊到一起來了。這個孩子驚奇地看看母親，又看看父親，說：「真想不到，原來爸爸媽媽早就認識了！」

合理推斷

一天，福爾摩斯與好朋友華生在街上散步。

忽然福爾摩斯問華生說：「我們後面是不是走著一位性感女郎？」

華生回頭一看，吃驚地說：「是啊！你是怎麼知道的。」

福爾摩斯笑了笑，說：「我看見前面那些男士們正色瞇瞇的回頭看。」

合理利用

一位身材性感的女明星正準備去拜訪一位製片人，她的一位好友警告她說：「那傢伙是有名的大色狼，你得小心！如果你單獨和他待在房裡，他肯定會從背後把你的衣服脫掉！」

女明星聽罷，興奮地說：「噢，太感謝你的提醒了，我現在得回去換一件背面開叉的短裙子！」

致富秘訣

在記者百般懇求之下，某位億萬富翁終於很不情願地道出他事業成功的祕訣：「我最初是靠販賣信鴿賺錢致富的。」

「真的嗎？」記者們有點困惑不解地問道，「那你總共養多少隻鴿子呢？」

「僅一隻，」富翁說，「但每次牠都會再飛回來。」

推斷年齡的秘訣

一位五十歲的老女人還打扮的花枝招展、妖豔美麗，就好像她還是名少女。

在一次晚會上。老女人碰上一位大作家……她就問：「我說大作家啊。您覺得我看起來有多大年齡？」

大作家回答：「這位女士，你的言談天真活潑像十四歲的小女孩，舉止輕盈嫵媚就像十六、七歲的少女……而這一身有青春朝氣的打扮，應不超過二十歲。」

老女人一聽，高興的差點擁抱這位大作家……

她立刻提高聲音問：「那您能不能準確的說我究竟有幾歲呢？」

「哦！這個嘛，把我剛才說的那三個數字加起來就是了。」

公平的良心☺

一位哲人說：「我認為，世界上分配得最公平的東西就是良心。」

「為什麼？」有人反問道。

「因為從來沒見有人埋怨過自己缺少良心呀！」

太貴了

「我想和丈夫離婚！」一位義大利女演員走進一家律師事務所說。

「可以。」律師爽快地回答：「您給三千元美金，我立刻就給您辦妥離婚手續。」

「什麼，要三千元美金？」女演員大聲喊道：「太貴了！我找人開槍打死他，人家才只要一千五百元美金！」

豐滿

兩位物理學家坐在窗前喝水，這時有一位美麗的少女姍姍走過。其中一位看到他的夥伴那種癡望的神態，戲弄他說：「老兄，她可是和我們一樣，四分之三都是水呦！」

「雖是那麼回事，」這位夥伴說，「可是，你知道不知道，你看看人家的表面張力！」

怪論

富豪：「為什麼學者常登富人之門，而富人卻很少登學者之門？」

學者：「這是因為學者懂得財富的價值，而富翁卻不懂得知識的價值。」

一錯再錯☺

法官甲：「被告只不過犯了重婚罪而已，你為什麼要判他如此重的刑罰？」

法官乙：「我最討厭一生中一錯再錯的人。」

冬瓜

有一個醉漢深夜回家，正好有一個小偷在醉漢家裡翻箱倒櫃，見有人來了，嚇了一大跳，情急之下看見有一個麻袋在一旁，就鑽進去……醉漢糊裡糊塗的推開門，一看有個裝滿東西的麻袋，就想家裡沒有這個袋子，哪來的？於是就用腳踢個不停，嘴裡咕噥著，這到底是什麼東西呀？小偷被踢得實在受不了了，就說一句：「冬瓜」，那醉漢聽了狠狠地踢了一腳說：「該死的冬瓜，讓老子猜了半天」。

巧合

兩個小偷到一戶新婚夫婦家偷東西。一個小偷先跳牆進去，躲在窗戶下面探聽動靜。只聽見屋裡的女人說：「進來一個！」小偷一動也不敢動。另一個小偷看見第一個小偷進去了，半天也沒有動靜，懷疑他偷到了貴重東西想獨吞，也翻牆進去看個究竟，這時又聽見屋裡的女人說：「又進來一個！」，兩個小偷以為他們的行動被發現了，就慌忙逃跑。兩個小偷不甘心失敗，第二天又去探聽動靜，正好看見那戶人家的女人和男人出來打核桃，那個女人指著樹枝上的兩顆核桃對男人說：「這不是昨天晚上那兩個嗎？」兩個小偷掉頭就逃。

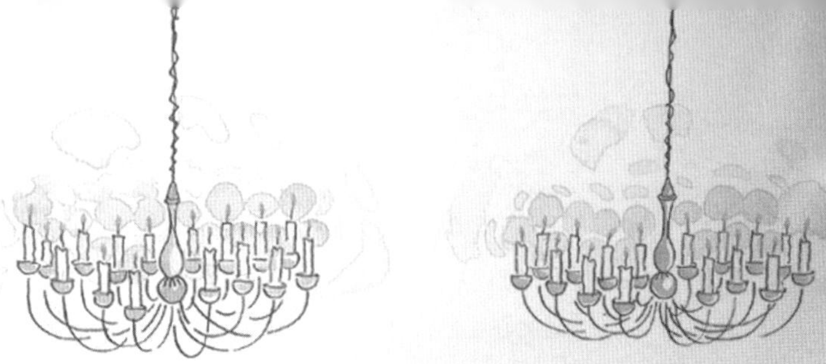

第乙篇　平民

把門看緊

劫匪端著手槍逼著雜貨店老闆，吼道：「蹲下，快把錢都給我拿出來！否則斃了你！」

雜貨店老闆舉著雙手說道：「太不巧了，你來晚了一步，昨晚來的強盜已把錢全部搶光了。」

劫匪怒氣衝天地罵道：「你這窩囊廢，為什麼不把門看緊！」

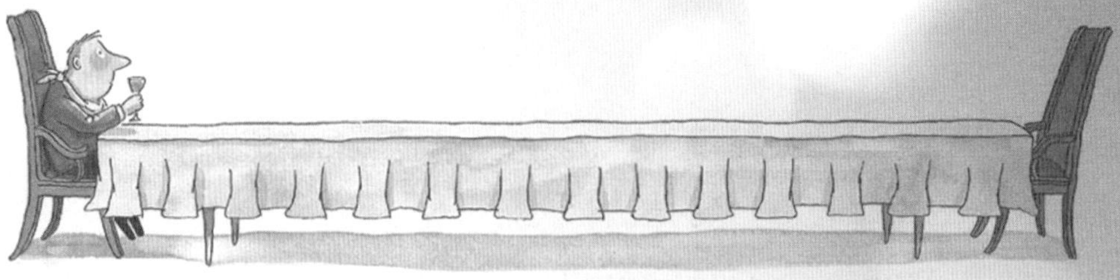

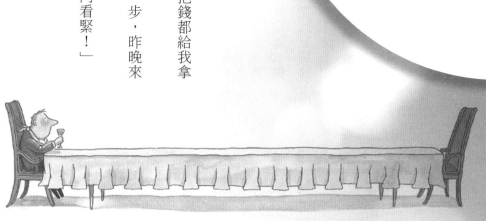

逃票技術

三個程師和三個會計師乘坐火車去參加一個會議。在火車站，三個會計師每個人都買了一張火車票，但他們卻看見三個工程師總共只買了一張。

「為什麼你們三個人只買一張票乘車呢？」一個會計師問。

「一會兒你就會明白。」一個工程師回答。

六個人都上了火車。會計師們各自坐到自己的座位上，但三個工程師都擠進廁所裡，並把門關上。一會兒，列車開動了，查票員開始挨著座位查票。他敲敲廁所的門：「喂，請拿出你的車票。」

門開了一道小縫，從裡面伸出一隻手，把票交給了查票員。

查票員拿過票，看了看，又遞了進去。三個會計師看到此情此景，認為這是一個非常好的做法。於是開完會後他們決定在回途仿照工程師的做法，這樣就可以省下一筆錢。

他們到了火車站後，只買了一張返程車票。但令他們驚訝的是，三個工程師一張票也沒買。

「你們為什麼一張票都沒買呢？」一位會計師百思不得其解地問。

「等一會兒你就會明白。」一位工程師回答。

上了火車之後，三個會計師都擠到同一間廁所裡，而三個工程師也擠到他們附近的另外一間廁所。火車開動後一會兒，其中一位工程師從廁所裡走出來，走到三位會計師藏身的廁所那裡，敲了敲門說：「請把你的票拿出來看看。」

四十萬法朗

一個年輕人對一個富翁說：「我能給您介紹一宗可以賺六十萬法郎的生意嗎？」

「很好，」百萬富翁說，「你說給我聽聽。」
「聽說，如果誰願意娶您的女兒，你將給他一百萬法郎。」
「一點都不假。」
「而我呢，只要四十萬法郎。」

保護現場☺

1.兩隻小鳥看見一個獵人正在瞄準牠們，一隻鳥說：「你保護現場，我去叫員警！」

2.太胖老是欺負同學，實在可恨。那傢伙頭腦簡單，四肢發達，不是吹牛，我只要……嘿！不要走！你保護好現場，我去叫老師。

輕多了

在法庭上，檢方朝被告吼叫：「難道你沒有殺死被害人嗎？」

被告搖搖頭：「確實沒有！」

這時，律師問被告：「你知不知道做偽證的懲罰是什麼？」

「知道，但比起謀殺罪來，這個懲罰實在是輕得多了！」

用心良苦

兩個人在非洲旅行，一天，他們突然看到一串獅子的腳印。其中的一個人對另一個人說：「朋友，你沿著這腳印向前走，看看獅子到哪兒去了，我呢，就沿著這些腳印向後走，看看牠究竟是從什麼地方來的。」

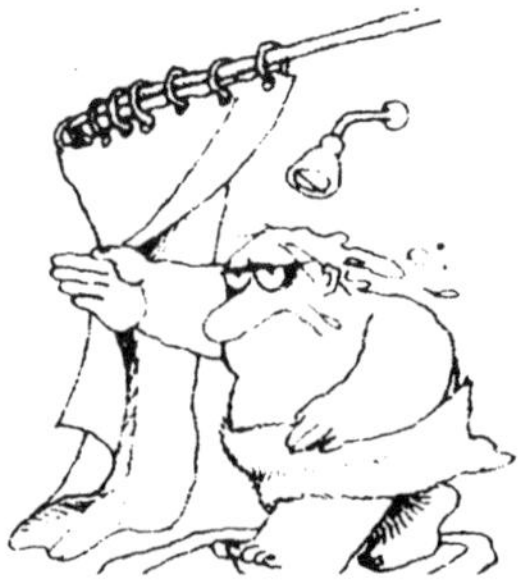

巡警與平民百姓

一位巡警看到一個人猝然跌倒在地，他便下結論說：「這人一定是個醉鬼。」於是，他就上前用棍子猛敲他的頭部。一位平民路過，看到他的所作所為，便憤憤不平喊道：「他對人毫無危害，你為什麼要把他打得半死？」

巡警馬上住了手，卻轉身拿起棍子向那個過路的平民打去。平民只挨了幾棍子就逃走了。

「唉，我真傻，」巡警十分後悔，「我為什麼要先揍那醉鬼！我都精疲力盡了，哪還有力氣去揍那個沒醉的呢！」

從那以後，他就專挑沒有喝醉的人先打。由於他工作努力，不久他就當上了局長。結果，在他的轄區內，除了他，所有的人整天都喝得醉醺醺的。

官司

柯雅德希：「律師先生，如果我在開庭之前送一隻肥羊給法官，並附上我的名片，您認為如何？」

律師，「您發瘋了？您會立刻因賄賂法官而輸掉這場官司的！」

開庭的結果是柯雅德希贏得了官司。第二天，他得意地告訴律師：「我沒聽您的勸告，還是把羊送給了法官！」

律師懷疑地說：「這絕不可能！」

「可能的！」他解釋道：「只是我把對方的名片連同羊一起送去了！」

推銷槍

一位員警審問一個劫匪。

員警：「你為什麼搶劫並強暴良家婦女？」

劫匪：「我沒有啊！」

員警：「你還敢狡辯？這把槍是怎麼回事？」

劫匪：「當時我正想推銷這把槍啊！誰知道我才剛把槍拿出來，那位小姐就把錢丟到我身上，開始寬衣解帶了。」

員警：「……」

牛的問題

有個城裡人路過麥田，發現有頭沒有犄角的牛，便問農民：「這頭牛為什麼沒有犄角？」農民說：「牛沒有犄角的原因很多，有的是因為天生就沒有。有的是因為和別的牛相鬥而失去了，有的則是因病脫落。」而這頭，他說：「沒有犄角，那是因為牠是一頭騾子」。

自行車

「先生，我買的這輛自行車為什麼沒有車燈？廣告上明明有的？」

「廢話，廣告上還有一個漂亮小姐呢！」

我可以等

員警問一個即將被絞死的罪犯早餐想吃什麼？

「對啦，我想起來了，我最愛吃西瓜。」罪犯說。

「你知道，現在是冬天，哪裡會有西瓜！」員警說。

「沒關係，我可以等。」

指明真凶☺

札卡經常酒後鬧事，為此多次上法庭。這天，他又酒後開車，壓死了一條狗，撞倒了一堵牆，被人送上法庭。法官聲色俱厲地指出：「你每次來這兒，都是酒精作怪！你要知道，酗酒有害！你落到這個地步，都是酒精造成的！」一聽這話，札卡竟興高采烈地答道：「多謝您的開導！別人都說我是肇事的壞蛋，只有您才指明了真正的元兇！」

勇敢者

馬戲團表演驚險的馴獸節目：一個口含口香糖的美女張開嘴，一頭獅子伸出了舌頭從她口中取出口香糖吞下，表演成功後馬戲團老闆得意地向觀眾開玩笑說：「你們誰上來試一試？」

全場默然，過了一會兒，忽有一男子起身回答：「我敢演大獅子！」

後到先買

一位蒙古婦女到市中心的百貨商場買靴子。她看了顏色又看了式樣，看了式樣又看了光澤，挑挑揀揀，最後終於下定決心：「售貨員，請把我最先看過的那雙靴子拿給我。」

「是哪一雙？是不是紅的那雙？」

「比紅的那雙看得更早！」

「黃的那雙？」

「不，還要早！」

「哦，你要的是褐色繡花的？」見婦人點了點頭，售貨員抱歉地說，「它早在兩小時前就被比您後到的一位顧客買走了。」

不宜

村裡有個人特別迷信，做什麼事情都要先看看黃曆。這天他恰好有急事要出門，一看黃曆，上面卻寫著不宜出行。他想了想，就找個梯子從牆上往外爬，沒想到院牆年久失修，正好把他壓在牆下面。他大聲呼喊兒子來救他，兒子慌忙走到屋裡看黃曆，出來後無可奈何地說：「爹，我沒法救你了，黃曆上寫著，今天不宜動土！」

面談

傑克到一家酒吧應聘警衛。酒吧的經理問他：「你有沒有經驗？」

「當然！」傑克就環視四周，看到一個醉醺醺的酒客走過。馬上把他抓過來，隨即一腳將他踢出門外。

然後，得意洋洋地問經理：「那請問我現在能不能見總經理了？」

「那你恐怕要稍等他一下了。因為，他剛才被你一腳踢出去了。」

偷水果☺

農夫巡視果園，發現一個小男孩攀上了蘋果樹，「小淘氣，你等著瞧，我要去告訴你老爸！」

男孩指頭向上面喊道：「爸，底下有人要和你說話！」

小偷與律師

有個小偷被指控盜竊一輛汽車，經過審判，當場被判無罪釋放。幾天後他又來見法官，請求法官拘捕他的律師。法官感到很吃驚，問他為什麼恩將仇報，要來拘捕為他辯護的律師。

「是這樣的，法官大人，」小偷說道，「我沒有錢付他律師費，他就把我偷的車強行開走了！」

正直的賊

「做人，還是正直點比較好。」

「為何？」

「我偷了一條狼狗，賣給人家，誰都不要，後來送還原主，他們很高興，倒給了我五十元。」

庸醫

一位農夫的妻子得了重感冒，開始發高燒，農夫來到城裡為妻子抓藥。他來到一家藥店門口，看見旁邊站著一個男孩，於是便問他應當怎樣稱呼大夫。

「庸醫！」那孩子回答說。

農夫進了藥店，對大夫說：「你好，庸醫先生。」

「啪！」農夫還沒明白怎麼回事，就挨了一記耳光。「我想要些治感冒的藥，庸醫先生。」他說道。

「啪！」他莫名其妙地又被打了一記耳光。

「就這些嗎？」他問道。

「是的！」那位大夫怒氣沖沖地吼道。

回到家，農夫對妻子說：「快點兒起來，我已經把藥買回來了。」他讓妻子坐在椅子上，接著便使足了勁狠狠地給她一個耳光，把她打得一下就跌倒在床上。經這麼一嚇，他的妻子出了一身大汗，燒竟然真的退了。農夫又返回城裡找到那位大夫。

「我上次在這買的藥沒用完，剩下的一半我又帶回來了。」說著他掄起胳膊狠狠地給那位大夫一記耳光，把大夫打倒在地上爬不起來。

終生大事☺

一個死刑犯問刑警：「現在幾點鐘了？」

刑警喝斥道：「死到臨頭了，還問時間做什麼！」

犯人說：「這可是我的終生大事，記住這個時間對我來說極其重要的。」

把房子抓牢

查理斯喝得酩酊大醉，三更半夜才回到家門口，他掏出鑰匙，卻怎麼也對不準鎖孔，巡夜的員警見狀，急忙上前問：「需要幫忙嗎？」查理斯大喜過望，趕忙說：「請幫我把這房子抓牢，別讓它亂晃動。」

打獵

一個年輕的獵人來向老獵人請教如何獵狗熊，老獵人說：「通常我都是先找到一個山洞，然後向洞裡扔一塊大石頭，如果聽到有『嗚嗚……』的聲音，那裡面一定有狗熊，你就跳到洞口，向裡面開槍，一定能打到狗熊的。」

過了幾天，老獵人在醫院裡看見全身纏滿繃帶的年輕獵人，很驚訝。

年輕獵人說：「我去獵狗熊，先找到一個山洞，然後我向裡面扔了一塊石頭，聽到裡面有『嗚嗚……』的聲音，我就跳到洞口……可是，我還沒來得及開槍，從山洞裡駛出一列火車！」

無題

一天，兩個農民在集市上偶遇。

農民甲：「上一次你的牛生病時，你給牠吃什麼藥？」

農民乙：「松節油。」

幾天之後，兩個人在集市上再次相遇。

農民甲：「上次你說給牛吃的是什麼？」

農民乙：「松節油啊！」

農民甲：「那我的牛吃了松節油之後怎麼死了呢？」

農民乙：「我的牛也死了！」

吻的是誰

父親：「昨天晚上在公園門口吻你的那個男人是誰？」

女兒：「您問的是晚上幾點鐘？」

因禍得福

一個小偷行竊被抓獲，法庭對他提起訴訟。

小偷向法官申訴道：「法官大人，我是迫於無奈才做這種事的。試想一想：我肚子餓，一點食物也找不到，連像樣的衣服也沒一件；沒有家庭，沒有朋友，這叫我怎麼活下去呢？」

法官說：「你的供詞使我很感動，我對你深表同情。在今後的一年裡，我代表我這個機構，免費向你提供一個住處和適量的食物、衣物；你在這一年裡，可以得到你以前所沒有的一切。」

等價交換

一個女人正在讀報紙，忽然她看到上面有一則令她很生氣的廣告。

「你能相信嗎？」她對丈夫說道，「有人竟在報紙上登廣告，以他的妻子交換錦標賽的決賽門票。你絕對不可能做出這樣的事，是吧，親愛的寶貝？」

「怎麼會呢？親愛的我的心肝，」她的丈夫回答，「我已拿到這次比賽的門票了。」

醉漢

兩個醉漢在鐵軌上行走，一個抱怨道：

「這樓梯怎麼爬個沒完！」另一個哼了一聲，說：「它的扶手還那麼低。」

醉鬼

一個酒鬼，一喝起酒來就不省人事。某天清晨五點打電話給酒店老闆問道：「酒店幾點開門？」老闆說：「很抱歉，要等到下午以後才開門營業。」

酒鬼說：「誰說我要進來，我是要出去。」

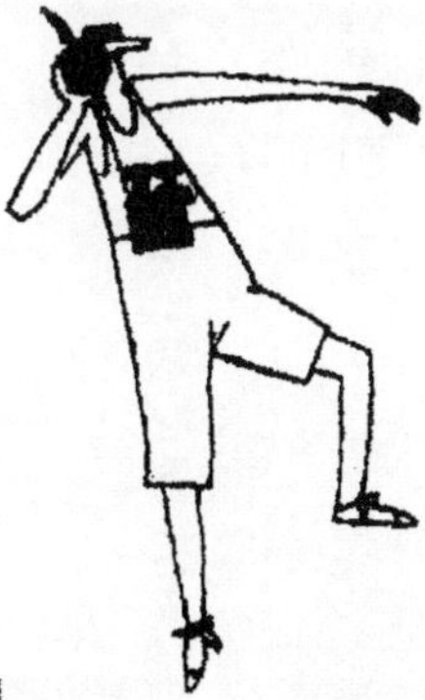

雞過河☺

小偷偷了一隻雞，正在河邊給雞拔毛，這時一個巡警走了過來，小偷急忙把雞扔到了河裡。

員警問：「你在做什麼？河裡是什麼東西？」

小偷說：「那是一隻雞，牠要過河去，我在這裡幫牠顧著衣服……」

不會游泳

一個溺水者絕望地在河水中掙扎。這時河邊走過來一個男人。

「救命啊！救命啊！我不會游泳啊！」這個溺水者竭盡全力地朝那個男人求救。

「這有什麼大不了的！我也不會游泳，」那個男人大聲回答說，

「但是我卻沒有像你那樣大喊大叫。」

「23」的奧秘

某精神病院新來一名女護士，她在這工作一段時間之後，發現醫院裡有一個奇怪的病人，他每天都在院子裡圍著一口古井轉圈，口中還念叨著：「２３，２３……」

小護士對此感到很好奇，她怎麼想也不明白這個「２３」是什麼意思，連續觀察一段時間之後，情況總是如此。她想上前去問個究竟，但又害怕病人發作，一直不敢這樣做。

一天，小護士終於忍不住自己的好奇心，就悄悄地走到那位病人身邊，探頭向井中觀望。

突然，那個病人抱起小護士的雙腿，向上一掀，把她扔進井裡，然後又開始圍著這口古井轉圈，邊跑邊念：「２４，２４……」。

分工

老張坐在家門口乘涼，看著高速公路從村裡的田地橫穿而過，氣勢頗為壯觀。

一會他看見開過來一輛車，在路邊停下，下來一個人，在路邊挖了一個深坑，然後回到車裡，過了一會，車上又下來另一個人，把此坑又填上了。

車子向前走了一段距離，那個人又下來挖了個深坑，過一會，又是另一個人把坑填上，就這樣，車子每走一段，就重複一次挖坑，休息，填坑……老張始終迷惑不解，他忍不住跑過去問道：「你們在做什麼？」

兩個工人回答道：「我們三個在進行一項綠化高速公路的計畫，今天負責種樹的那個人病了，沒來！」

沒腦子

一位說話不經過大腦的男人與一位小姐共舞。
男人：「你結婚了嗎？」
小姐：「還沒有。」
男人：「那你有孩子了嗎？」
小姐大怒，拂袖揚長而去。
男人尋思，下次絕不能再這樣問了。
後又接著與一婦人跳舞。
男人：「你有孩子了嗎？」
婦人：「有兩個。」
男人：「那你結婚了嗎？」

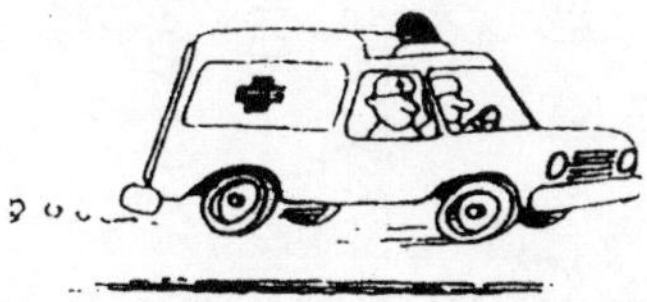

生命中的少女☺

在我英雄年少時，有一個少女，她願意為我失去生命……她意志堅定地說：「你再纏著我，我就會去死。」

在我負笈外地時，有一個少女，她願意等我到下輩子……她溫柔婉約地說：「你想成為我男朋友，等下輩子吧。」

在我窮困潦倒時，有一個少女，她願意與我共赴黃泉……她眼眶泛紅地說：「你再不還我錢，我就與你同歸於盡。」

唉！世間少女何其癡情，卻依然無法使我駐足停留，至今依然身影孤單，想來不勝唏噓……

孫子摔死了

一天，某人經過一棟樓房時，突然從二樓窗戶裡掉下來一個用過的保險套，剛好砸到他的腦袋上。這人既感到噁心，又極度惱火。於是他來到這棟房子的門口，用力敲打大門，一個老頭出來開門，責問他為什麼用這麼大力氣敲門。

這個人憤怒地斥責道：「誰住在二樓？」

老頭回答：「這和你有什麼關係？上面住的是我的女兒和她的未婚夫。」

這人將那個保險套遞給老頭，說：「那好吧！我現在只是想告訴你，你孫子從二樓的窗戶裡掉下來摔死啦！」

不是我太太

兩個住對樓的鄰居都買了望遠鏡，兩個人都誇自己的望遠鏡是最棒的，並因此而爭論了起來……

鄰居甲說：「最近，我用這副望遠鏡看你們家，能清楚地看見你和你太太。」

鄰居乙不高興地回敬道：「是嗎？如果你的望遠鏡真是最棒的，那就應該看得更清楚些，因為那女人不是我太太，而是你的……」

友情

護士：「你朋友寄慰問信給你了。」

患者：「我實在沒有力氣看信，麻煩你唸給我聽吧！」

護士：「信上說，很抱歉，由於工作非常忙，無法前來探望你，不過等你出殯時他一定會抽空前來參加你的葬禮。」

術業有專攻

一個小偷發現他的同夥正在閱讀《時裝》雜誌，他很驚奇地問道：「怎麼了，兄弟，你要改邪歸正做時裝啦？」

「胡說八道，我正在研究今年的時裝會把衣服口袋縫到什麼地方。」

山羊

兩個人在外面閒逛。這時他們看見一個破舊的、被廢棄的礦井。他們對它的深度產生了好奇感，於是他們撿起一塊石子扔進井裡，但等很長時間也沒聽到石頭落地的聲音。他們又撿起一塊大一點的石頭，又把它扔進去，但還是聽不到石頭落地的聲音。於是這兩個人開始在附近尋找更大的東西，最後，他們找到一個大的鐵柵欄。

這兩個人費了九牛二虎之力把它搬到這個礦井處，把它扔進井裡。正在他們等待柵欄落到井底的聲音時，一隻山羊突然從他們之間衝出來並跳進井裡！這兩個人驚訝地呆站在那兒。這時一個人朝他們走來，問他們是否看見一隻山羊，他們回答說剛剛看見一隻山羊跳進他們面前的礦井裡。

「噢，不，」這個人說，「那不可能是我的山羊，我的那隻拴在一個鐵柵欄上了。」

好解釋

「你相信人死後會有生命存在嗎？」老闆問他的一個雇員。

「是的，老闆。」這個新雇員答道。

「這樣的話，事情就容易解釋了，」老闆繼續說，「前天你請假去參加你奶奶的葬禮，你離開以後，你奶奶就到這兒來看你了。」

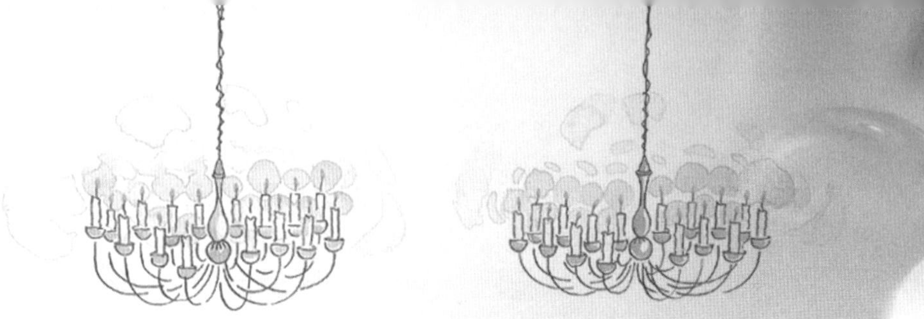

第3篇　政治

誰更聰明

某官員的專機飛過太平洋時，遭遇大風暴，飛機地板被掀走，官員的隨從保鑣反應都比較敏捷，牢牢抓住能抓住的東西，統統吊在高空飛行的飛機上。大家咬牙切齒，使出吃奶的力氣，握住不放，就像盪秋千一樣晃來晃去。但大家都還有一種劫後餘生的竊喜。

突然，一道雷電擊中飛機，飛機成了滑翔機，慢慢朝下滑落。

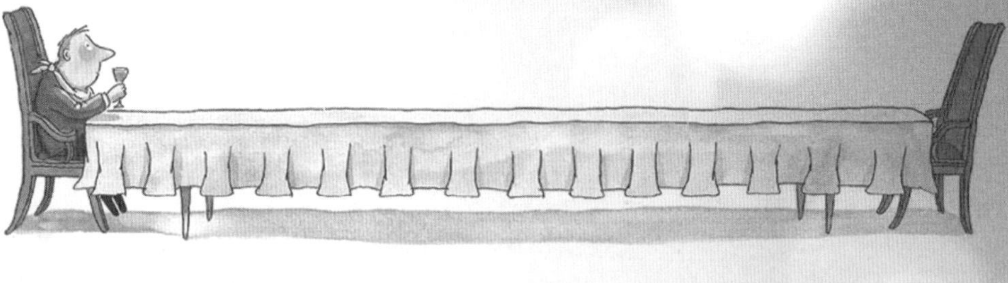

有經驗的飛行員說，飛機載重過大，如果載重再輕一百五十磅的話，應該可以有拉起的希望。大家面面相覷，但最後都無聲地注視著肥胖而又年邁的老上司。

老上司明白了大家的意思，想了想，說：「好吧，不過我還有幾句話要說。」

大家臉上露出了幸福的微笑，洗耳恭聽，思索著怎麼回去傳達這些話。

官員清了清嗓門，頓了一下，說：「我的話說完了。」

大家照例啪啪地鼓起了掌。

官員就這樣安全地獨自返航了。

洗澡☺

某廠長準備為員工舉辦休閒旅遊活動，安排一次參觀博物館和泡澡之旅。於是召集所有男女職員，並宣布：「大家請注意，明天，上午女同事洗澡，男同事參觀。下午男同事洗澡，女同事參觀。要遵守紀律，啊，只許看，不准摸，並絕對禁止拍照的。」台下譁然。

議員的腦子

某人聽說施行某種手術可以使他得到一個全新腦子，他走進醫院，問醫生有些什麼好東西貯存著。

「這是一位出色的工程師的腦子，每盎司五千英鎊。」

「還有什麼？」

「這是一位律師的腦子，一萬英鎊一盎司。」

「你們還有別的嗎？」

醫生們面面相覷，接著示意他走到一個容器前面。他們輕輕地說：「這是議員的腦子，它每一盎司要二百五十萬英鎊。」

「啊！為什麼這麼貴！」那人驚呼道。

醫生們對他說：「首先，這個腦子幾乎沒有使用過；其次，你知道，得有多少個議員才能弄到這一盎司的腦子嗎？」

照片

有一天某縣的朱縣長下鄉視察工作，為了表示自己深入群眾，他來到豬圈旁。在豬群裡他拍拍這頭豬的腦袋、摸摸那頭豬的脊背，很是親近的樣子。這時，和他一起來的公關室的小向覺得這個鏡頭很珍貴，於是「喀嚓」拍了下來，並題名叫作「朱縣長和豬」，準備在報紙上發表。

第二天，組長看到了這張相片，覺得題目取的並不好，於是將它改為「豬和朱縣長」並送到了報社。報社的編輯們看到了這張相片認為這個題目也不好，於是又把它改了。

第三天，報紙出版了，在頭版上赫然醒目的是小向拍的那張相片，並且在下面寫著：「左起第四位為朱縣長」。

共同語言

「法官，我堅決要求離婚，我和我妻子根本沒有一點共同語言。」

「那沒關係，你們可以一起去找個翻譯嘛！」

工具

員警抓到一個正在行竊的小偷。

罪犯：「我沒罪。因為我只不過是被人利用的工具而已，而工具是沒有罪的。比如說一個人用刀殺了人，犯罪的是人而不是刀。」

員警：「你是說你是被人利用的工具嗎？」

罪犯：「是的！」

員警：「那好，請跟我走一趟！」

罪犯：「為什麼？我沒有罪！」

員警：「先別動。按照法律規定，作案工具是要被帶回去沒收的。」

罰款的標準☺

一個德國人對違反交通規則的罰款制度產生了興趣，於是他故意把車子停在禁止停車的地方，結果一共收到三張傳票。

他把自己打扮成一位紳士的模樣，拿著第一張傳票去見法官，法官罰了他4馬克。

第二次，他把自己打扮成了乞丐，拿著第二張傳票去見法官，法官只罰了他3馬克。

最後，他又叫他美麗的妻子拿第三張傳票去見法官，結果法官只罰她1馬克。

飯桶

「你們四個人連一個罪犯都抓不住，簡直是一群飯桶！一群飯桶！」警察局長對部下大聲吼道。

「可是，長官，我們並沒有白追，我們把他的指紋全帶回來了。」一個下屬小心翼翼地回答。

「是嗎，在哪兒？」局長問。

「在我們臉上。」四個人一起仰起臉，回答道。

政客許諾

三個年輕人從水裡救出一位政客，政客很感激他們，便問他們需要什麼幫忙以回報救命之恩。

第一個說：「我希望進入西點軍校，但我的成績並不理想。」

政客：「沒問題，你進了。」

第二個說：「我申請進入哈佛大學但被拒。」
政客：「別擔心，你進了。」
第三個說：「我希望被埋在阿靈頓國家公墓。」
政客：「公墓？為什麼？」
第三個回答：「如果我父親知道是我救了你，他一定會把我殺掉。」

面具

法庭上正在審問一位犯人，由目擊證人指認被告。她一看到被告就說：「是的，就是他，無論他走到哪裡我都認得他的嘴臉！」

這時，被告控制不住自己，大聲叫道：「她在撒謊！當時我戴著面具！」

小姐分蛋

酒菜滿席，總裁姍姍來遲。

滿座起身相迎，一片寒暄之聲。

旁邊的服務生很美，但因為是新手，經驗不夠，頗緊張。

眾人落座，有人招呼：「服務生，上茶！」

服務生連忙近前用手指點數：「1、2、3、4、5、6、7，共七位！」

眾人皆笑，主管忙補充說：「倒茶！」

服務生忙又「倒查」一遍：「7、6、5、4、3、2、1，還是七位。」

有人發問：「你在數什麼呢？」美麗的服務生猶豫了一會兒小聲答道：「我屬狗。」

眾人大怒，急呼：「叫你們經理來！」，經理到後陪著笑臉，問：「諸位，有什麼我可以為您們服務嗎？」

總裁說：「別多問，去查查這位服務生的年齡生肖。」

經理納悶，但仍查後馬上來回覆：「十八歲，屬狗！」

總裁大笑，眾人也大笑。

服務生、經理如墜五里雲霧。

酒過三旬，上來一道菜：「清燉王八！」

有人以箸撥甲魚頭說：「總裁先動，總裁先動！」

總裁看著被撥得亂顫的甲魚頭，心中不悅，既不願諧了此言的尾音又不願違了眾人美意，於是乎持勺酌湯，曰：「好，好！大家請隨意。」

又有人奉承曰：「對——王八就該喝湯！」總裁氣得幾乎噴飯。

未幾，湯將盡，有物圓圓浮出水面，問：「服務生，這是什麼？」

服務生忙答：「是王八蛋。」眾人又驚喜：「總裁先吃，總裁先吃！」

這次總裁沒聽清楚，喚服務生：「給大家分分！」

良久，服務生不動，總裁怒問：「怎麼，這也不會做嗎？」

服務生為難的說：「七個人，六個王八蛋，您叫我怎麼分啊？」

眾人聽罷，個個伸脖子瞪眼，滿口美食，難以下嚥。

people to people

一九七九年美國決定和台灣斷交，和中共建立外交關係。

某台灣外交官在會見美方有關官員時，氣憤地質問：「以後台灣和美國的關係怎樣處理？是屁股對屁股呢？還是肛門對肛門？」

美方翻譯聽得目瞪口呆：外交官在外交場合居然會這樣失禮。

台灣外交官見翻譯傻愣著，知道他並沒聽懂，就在紙上寫道：「PEOPLE 對 PEOPLE？GOVERNMENT 對 GOVERNMENT？」

原來此外交官英語說得不好，翻譯根本就沒想到他這兩句是在說英語！

政客的價格☺

在一個食人肉的國家裡，一位旅行者偶然走進一家餐廳。他看到餐廳裡的看板上標示著每一種菜餚的價格。每盤牧師肉是四美元，每盤獵人肉是五美元，每盤老闆肉是六美元，每盤政客肉則為二十六美元。

這位旅遊者便忍不住問為什麼政客的肉比其他人的肉要貴許多呢？

「這種肉要弄乾淨實在是很不容易！」餐廳老闆回答說。

幸福的秘密

一位快樂天使告訴國王，勞里汀．貝卡是世界上最快樂的人，於是國王下旨把勞里汀．貝卡召進宮來，對他說：「請你快告訴我，你快樂的祕密是什麼。」

「啊，我對天發誓，」勞里汀・貝卡莫名其妙說，「我確實不知道我會如此的快樂。」

「嗯，」國王點頭道，「這就是我尋找的真正祕密。」

勞里汀・貝卡神情沮喪地離開了宮殿。自此以後，他就天天害怕快樂會離他而去了。

無罪釋放

被告人向他的辯護律師許諾：「如果你有本事使我只蹲一年監獄，那麼，你將得到額外的一千英鎊酬金。」

結果，被告人如願以償。律師一邊收一邊說：「收下這一千英鎊還真的挺

棘手呢！法官一心想無罪地把你釋放。」

牛的故鄉

一天晚上，一位遊客在一個小鎮的酒館裡喝酒。幾杯酒下肚，他感覺放鬆多了，很想說話，於是喊了一句：「希特勒是一頭蠢牛！」聽到這句話，一個魁梧的男人向他走來，說：「先生，這種話在這兒是不允許隨便說的。」遊客一見，連忙道歉：「對不起，先生，我不知道這裡是希特勒的故鄉。」那人咕噥道：「這不是他的故鄉，是牛的故鄉。」

婚姻☺

幾個調皮的少女圍著一個已婚的少婦詢問有關婚姻的事。

「婚前婚後，你丈夫對你的感情究竟有何不同？」一位少女問道。

少婦笑了笑回答：「就像他的工作一樣。」

「那他的工作又是什麼呢？」另一個少女又問道。

少女回答說：「我與他戀愛的時候，他在一家熱處理廠工作；我同他結婚時他在一家製造保溫桶的工廠工作；當我生孩子時，他就轉到一家冷凍庫去任職了。」

目的

一位美麗的小姐躺在診療檯上，醫生用手撫摸著她，說：「當然，你一定知道我這是在做什麼。」

這位美女輕輕地回答：「我知道，你正在檢查我是否患有乳癌。」

得到鼓勵之後，這位醫生得寸進尺地開抬按摩她的肚子，說：「你知道這是做什麼吧！」

她又笑著回答：「是的，你正在檢查我是否有腸胃炎。」

這時，這位醫生再也無法抑制自己，同時還問道：

「你也一定知道我要再做什麼，對吧？」

「是的，我知道！你正要替我檢查我是否罹患梅毒，而這正是我來這裡的最終目的。」那位小姐回答。

牛鞭

一位貴婦去西班牙的巴塞隆納旅遊，中午來到當地最富盛名的飯店用餐。她看到隔壁桌的一位女士正在吃一種很長的棍狀物，那是一種她從未見過的食品。這位貴婦想，這東西一定是西班牙的特產，一定要嚐嚐。

她叫來服務生問道：「那是什麼？」。

服務生很有禮貌地說：「夫人，是牛鞭。」

一聽是牛鞭，貴婦人連忙也點了一盤。服務生卻說：「對不起，夫人，我們這裡的牛鞭都取自鬥牛場裡被殺死的鬥牛，而我們城市一星期只舉行一次鬥牛賽。所以，現在沒有新鮮的存貨。不過您可以預訂下一週的。」

沒辦法，這位夫人只好預訂一盤。一個星期以後，她準時來到飯店。果然，沒過多久，她點的菜就端了上來。但蓋子一揭，貴婦人卻勃然大怒，叫來服務生責問：「上星期我見的那個牛鞭足有三尺長，今天我這條怎麼還不到七寸？」

服務生很有禮貌地回答：「對不起，夫人，這一星期，牛鬥贏了。」

受之有愧

甲：「我們公司的卡萊溫斯基小姐都快四十多歲了，可是每當我們叫她『老處女』時，她都會羞得滿臉通紅。」

乙：「她是因為嫁不出去而害羞的嗎？」

甲：「當然不是！她只是覺得受之有愧。」

做愛就像連續劇

和男人做愛就像是看連續劇，每當開始有點意思的時候，事情就匆匆結束了，要一直等到下一次。

多話的女人

在哪個月份裡女人說的話最少？

當然是二月份，因為只有那個月的天數最少。

不可能的任務

羅絲女士由於疲勞過度，她不得不去看醫生。

「告訴我，羅絲女士，您多長時間一次？」醫生問道。

「噢，一週四次，分別是在星期天、星期二、星期五和星期六晚上。」

「好吧，依我看，您取消星期天那次。」醫生說道。

「這是不可能辦到的，」羅絲著急地說道，「你要知道，只有那天晚上我是和老公在一起。」

異曲同工

婚禮的前一天晚上，女兒對媽媽說：「媽媽，你能不能教我一些能讓我丈夫快樂的東西？」

她的母親深呼吸一下，穩定情緒後說：「當兩個人相互欣賞、相互尊重，並且以對方為驕傲時，愛是一種非常美妙而

奇怪的東西……」

「我知道，媽媽，」女兒打斷她的話，「我只想讓你教我怎麼做那種很好吃的寬麵條……」

友善的同情☺

年輕的妻子滿面愁容。

「你怎麼啦，親愛的？」已經結婚五年的女友問。

「噢，我感到非常孤獨，丈夫整個晚上都不在，而我一點兒也不清楚他現在在哪兒。」

「唉，這不該使你焦急不安。」女友面帶微笑地回答，「要是你知道他現在在哪兒，你會更加感到痛苦。」

第一個戀人

如果他問，他是不是你的第一個，你就跟他說：「也許是吧，你看上去卻不那麼面熟。」

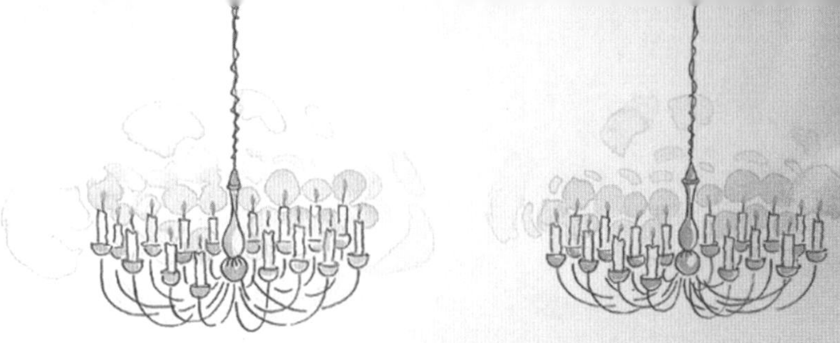

第4篇　小資男女

夢

一對情人逛街時來到一家金銀飾品店門口。

女孩溫柔地對男孩說：「親愛的，昨晚我做了一個美夢，夢見你給我買了一套金飾。」

男孩愣了一下，然後笑著說：「沒錯，昨晚我的美夢也是這個，但夢中我已經將整套的金飾都給你買回來了」。

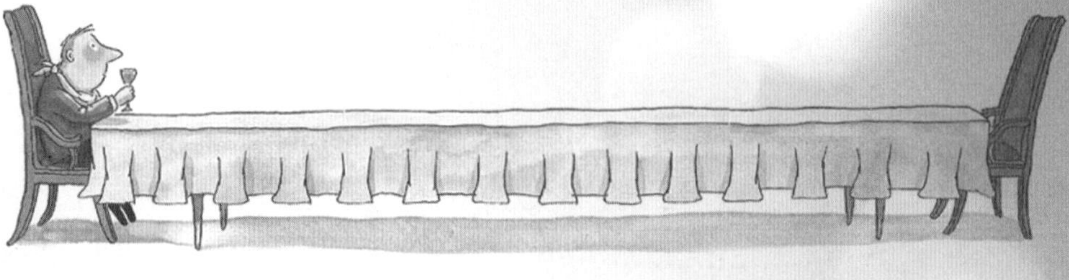

洞房花燭夜

一對新人在教堂舉行結婚典禮，到了互換結婚戒指時，緊張過度的新郎竟然忘了這件事。牧師非常焦急地舉起手指，做出套戒指的動作，並眨著眼睛暗示新郎。

只見新郎漲紅了臉，結結巴巴地說：「牧師……可那不是今晚洞房花燭夜才做的事情嗎？」

翹班被逮

兩個辦公室職員在午休期間聊天。「我感到非常惱火，」其中一個說，「老闆自己有一個半小時的午休，而我們卻只能有半個小時，這太不公平了。如果我能再多出二十分鐘，我就能夠回家吃午飯了。」

「是嗎？那你為什麼不回去呢？」另一個說，「老闆離開這麼長的時間，他不會知道的。」

於是第二天第一個人決定就這樣做。等他到家時他在樓下找不到他的妻子，就上樓來到臥室。當他打開臥室房門的時候，卻發現他的妻子和他的老闆……在他們發現之前，他趕緊關上門，匆匆趕回公司。

當他返回時，他的同伴說，「那麼，你明天還要回去嗎？」

「絕不回去了，」他說，「我今天已經差點被抓住了！」

如何成為朋友

甲說：「你是一頭蠢驢。」

乙說：「我可能真是頭蠢驢……問題僅僅在於：究竟因為我是你的朋友，我才是頭蠢驢呢？還是由於我是頭蠢驢，我才成了你的朋友？」

阿諛奉迎

有一天，老闆的心情非常好，就給他公司裡的員工們講了一則笑話。幾乎所有的員工都笑得前俯後仰，只有角落裡的一個女孩除外。她靜靜地看著老闆，老闆也盯著她，咕噥著說：「怎麼，我的笑話不好笑嗎？」女孩聳聳肩說：「我完全沒有必要笑，星期五我就離職了！」

別字

小王給他的女友寫了一封短信：「晚十點，『公元』前見面。」寫好

之後，他把信叫小狗叼給自己的女友。

不久，小狗也叼回一封信：「我生活在西元二十一世紀，無法與古人見面。」

不喝傷心☺

切尼：「醫生，據說酒喝多了會傷人，是這麼回事嗎？」

醫生：「一點也不假。熱酒傷肝，冷酒傷肺。」

切尼：「那麼，還是不喝多好啊！」

醫生：「不喝更傷身！」

切尼：「是嗎？」

醫生：「不喝傷心。」

順水推舟

妻子見丈夫愁眉苦臉的樣子，就安慰他說：「過去的事情就讓它過去吧！」

丈夫：「這是誰說的？」

妻子：「一位名人說的。」

丈夫：「這下我可就放心了。」

妻子：「為什麼？」

丈夫：「結婚時欠你的鑽戒現在不用買了」

一半

妻子：「結婚前你對我有多麼好，要是走路碰上水溝，你就把我抱過去。如今，你可沒有那樣做，我覺得你對我的愛只有過去的一半啦！」

丈夫：「有什麼辦法呢？那時你的體重只有如今的一半呀！」

花瓶

一個男人下班後回到家裡，送給老婆一束紅玫瑰。第二天，他老婆在後院曬衣服時隔著柵欄和隔壁的女人聊天。

「昨天，」她說，「我老公送了我一束紅玫瑰，我猜他肯定是想讓我在整整一週的時間裡，將它高舉在空中！」

「為什麼呢？」隔壁鄰居問，「難道你們家沒有花瓶嗎？」

驚人的記憶力

母女二人去參觀女兒男友的畫展。母親發現其中一幅畫酷似女兒，便問道：「你是穿著衣服給他畫的嗎？」

「啊！沒有！」女兒答，「他真聰明，僅憑記憶就畫得這麼像！」女兒暗自尋思。

理解錯誤

父親對女兒的男友嚴厲地說：「年輕人，你不能每天只帶我的女兒去看電影、坐咖啡廳呀，難道就不能做點別的正經事情嗎？」

年輕人又驚又喜地說道：「您是說，我們現在可以做其他的事情了嗎？」

新婚夜話 ☺

丈夫：「唉，娶一個妻子要花好幾十萬元，我真難啊！」

妻子：「親愛的，給你生個寶貝兒子不就行了。」

丈夫：「生兒子？怎麼可以，還是生個乖女兒吧！也許還能撈回娶你的那筆費用。」

換了四次

法官詢問犯人。

法官：「你為什麼一夜之間四次闖入同一個商店？」

犯人：「我偷了一件連衣裙，可我老婆並不滿意，讓我去換了三次。」

快樂的生活

「走出憂鬱的世界，」心理醫生囑咐病人道，「讓熱情與快樂充滿你生活中的每一天，熱情洋溢地起床、上班、休息，你要熱情地去做每一件事。」

一週以後病人又回來了，但看起來卻比過去更加憂鬱，醫生問他是否遵照醫囑做了。

「這正是問題所在，」病人答道，「我滿懷熱情地起床、吃飯、然後熱情地與妻子吻別……以致於我上班卻遲到了兩個小時，現在我已經被解雇了。」

近視

一對戀人在公園裡面談情說愛，男人開始熱情地親吻女人。

「把你的眼鏡摘下來，好嗎？它刺痛了我的大腿。」女人說。

過了一會兒，女人又說：「把你的眼鏡再戴上好嗎？你現在親的是椅子！」

力量有限

一個年輕男子問他的女友：「如果我緊緊地貼在你的身上，你會怎麼辦？」

女友回答：「我會反抗！」

「那麼，如果我伸手摟住你的細腰，你會怎麼辦？」

女友回答：「我當然也會反抗！」

「那麼，如果我要強行吻你，你又會怎麼樣？」男友又問。

女友回答：「當然……我還是會反抗。」

「如果我要……」這個男人的話還沒說完，他的女友便極不耐煩地說：「你有完沒完啊！難道你不知道，女人的力量畢竟是有限度的嗎？」

南轅北轍

一位太太從整型醫院出來後，五十多歲的家庭主婦一下子變成漂亮的少女，回家後，她問正在喝酒的丈夫：「親愛的，我漂亮嗎？」

丈夫一時衝動，上前把她緊緊抱住，低聲說：「親愛的，趁我那糟老婆子還沒回來……」

短褲

一個年輕人想給他新交的女友買一份生日禮物，由於他們交往的時間不太長，經過深思熟慮，他認為買副手套送給她最為合適——浪漫，且又不顯得過分親昵。

在女友妹妹的陪同下，他來到百貨商店並買下一副白手套。而女友的妹妹則給自己買了一條短褲。但在打包時，他們買的東西卻弄顛倒了。

這位年輕人並沒有檢查包內的東西，便把裝著短褲的禮物送給他的女友，還在上面附上一張便條，上面寫道：「我選擇這件禮物是因為我發現你晚上和我出去時總是不用它。如果不是因為你妹妹的建議，我可能會選擇長而帶扣的那種，但她建議用的是短式的，是容易脫下來的那種。它的顏色可能有點淡，但售貨的那位小姐向我展示，她已使用了三週同樣的產品，它們不易變髒。我讓她替你試用了一下，覺得它看起來很漂亮。我希望你第一次穿上時我能親自為你效勞，因為毫無疑問，在我再看到你之前會有更多雙手碰到它。當你脫下它時，在把它們放到一邊之前，別忘了先往裡面吹風，因為你用過它們之後，它們必然會有點潮濕。

在未來的日子裡我真不知自己要親吻它多少次！我希望在星期六晚上你能為了我使用它。噢，對了，當前最流行的穿法是把內側向外翻過來，露出一點絨毛。」

搭車

年輕人坐進計程車，發現司機是個女的，便決定跟她開個小玩笑。

「送我到城裡最便宜的一家妓院去。可以嗎？」他向司機說道。

「先生，」女司機回答，「你已經在裡面了」。

為了什麼結婚

女孩：「別人說你與我結婚，並不是為了愛，而是為了我的財產！」

男子：「瞎扯，這些都是別人的閒話，別相信那些鬼話。」

女孩：「但是，為了維護你的面子，我已經把我的財產送給妹妹了。」

聽到這話，男子拔腿就走。

女孩追問道：「親愛的，你要到哪裡去？」

男子：「我去找你妹妹。」

三「生」有幸☺

某同事喜獲麟兒，擺酒以示慶賀，貴叔於席間頻頻感慨：「三生有幸！三生有幸！」同事問：「不過是擺酒慶賀，貴叔何須如此感慨。」

貴叔說：「非也非也，皆因女主人屬牛，男主人屬馬，兒子屬羊，我說的是『三牲有幸』在一起。」滿座皆樂。

還沒完成

妻子外出一週，留一些家務給丈夫做。

「一、二、三、四、五」地寫在紙條上，出於開玩笑，又在紙條上加上第六條：「多想想你的妻子。」

一週後，妻子返家，丈夫向她報告完成家務情況，並遞上那張紙條。紙條上的前四條已畫了叉叉，只剩下第五條與第六條未畫。

「我一出門，你就不想我啦？」妻子說。

「第五條我也照做了，但還沒完成。」丈夫回答

求婚新花招

上午八點半，我打手機給她：「你準備上班了嗎？」

她笑道：「是呀！」

我的語氣有些哽咽：「荳荳……對不起！」

她愣了一會兒：「為什麼向我道歉？」

我解釋道：「沒事！」

她緊張地說：「小諾，你……」不等她的話問完，我即刻斷線。

中午十二點半，我撥電話到她的公司。

她情緒激動地說道：「你的手機為什麼總不開？」

我支吾地道：「對不起……」

她又道：「你為什麼要寄支票到我公司給我？」

我道：「荳荳，我真的很愛你。」

她提高了音量：「你想分手就直接對我說，不需要付一大筆分手費吧！」

我沉默了一會兒，掛了電話。

下午四點整，她接起電話冷冷地道：「你變心了嗎？」

我轉移話題：「伯父伯母在我這裡。」

她訝然道：「你為什麼約我爸媽出來？」

我答道：「我覺得我有必要向他們道歉！」

她深呼一口氣，強忍著情緒：「你把我們的感情當作什麼了？」

我緩緩地道：「對不起，請你們原諒我……」

電話那方的她已然泣不成聲，這次，換她掛了電話。

晚上八點半，我的手機震動，我按下通話鍵：「你到家啦？」

她問道：「我爸媽呢？」

我內疚地回答：「荳荳，對不起！」

她吼著：「我不要聽對不起！我只想知道這究竟是為什麼？」

我故作冷靜地向她說道：「我向你的家人道歉，因為你是他們生命中的寶貝，我懇求他們允許你嫁給我。我向你道歉，是因為我知道我不能沒有你，可是我不太懂得照顧你，所以我希望未來的日子你能陪伴我，順便照顧我。我身上僅剩的存款已經交給你了，新房子的頭期款我也付了，你爸媽正在幫我們挑選家具，荳荳，對不起，請你嫁給我好吧！」

出乎意料地，她的態度突然變得極溫柔：「小諾，你在那裡？」

我滿懷喜悅地說：「我在你家門外！」

事後，我如願娶了荳荳……

不過求婚當天，我也印證了另一件事——

原來，被拳頭打到頭真的很痛。

上當

「媽媽，我發現布朗很愛我。」

「你是怎麼知道的呢？」

「每當他擁抱我的時候，我都能聽到他的心在砰砰地直跳。」

「傻孩子，要當心啊，當年你爸爸就是在身上藏著一只懷錶使我上當受騙的。」

肯定☺

A君：「只有蠢才才會匆忙地肯定一件事情，聰明人遇事總是要反覆思考的。」

B君：「你敢肯定？」

A君：「當然！」

誰去吃飯

下午下班時間一到，辦公室的氣氛馬上就活躍起來，同事小王大聲說：「誰去餐廳吃飯……」之後，猛然轉過身去愣愣地面對著窗外，一語不發。大家一聽頓時樂了：「你今天中午請客？」「我們去哪個餐廳吃呀？」大家正在嘰嘰喳喳討論讓小王到哪兒請客時，一個響亮的噴嚏把大家嚇了一大跳。完了，小王猛一轉身，搖頭擺手大聲喊道：「誰說我請客了，我還沒說完呢！我是說誰去餐廳吃飯別忘了帶盒牙籤回來給我。」

情書

一個年輕人寫了一封求愛信：「親愛的蘿拉，我愛你，而且希望你能嫁給我！如果你同意，你就回覆我，如果你不同意，就連這封信也不必拆開了。」

不一樣

一位救生員向一位游泳者抗議道：「我已經注意你老半天了，你不能在游泳池隨便小便。」

這位游泳者說：「可是，每個人都在游泳池裡小便啊。」

救生員：「是這樣沒錯！可是，先生，只有你一個人是站在跳板上……」

幫忙

有人新開了一家律師事務所。一天，他正坐在辦公室裡，祕書小姐進來通報，有一位布朗先生前來求見。

「請他進來。」律師說。布朗先生進來時，見律師正在打電話：

「……你跟他們說，五萬英鎊以下的案子我們一律不接。如果他們不同意，就不要打電話給我了！」摔下電話以後，律師站起來，問布朗先生：「布朗先生，我們可以幫你什麼忙嗎？」布朗先生微微一笑：「我是電信局的，來幫你們裝電話！」

剝大蒜

大頭剛剛結婚不久。某夜，老婆正在廚房忙著做晚飯。大頭為了體貼老婆，想幫老婆做點家務。於是就對老婆說：「親愛的，我能幫什麼忙嗎？」

老婆說：「你笨手笨腳的，找點簡單的做吧，就剝大蒜好了。」

大頭想這個再簡單不過了。不過剛剝不久，大頭就被嗆得一把鼻涕一把眼淚。心想，這可不是那麼簡單，又不好意思去向老婆請教，只好打電話向

老媽討救兵。

老媽說：「這很容易嘛，你在水中剎不就得了。」

大頭於是按著老媽的方法，完成了老婆的任務，開心的不得了。

隔天，大頭打電話向老媽說：「老媽，你的方法真不賴，不過好雖好，美中不足的就是要時常換氣，好累人喔。」

老媽說：「我的傻兒子啊！」

情人節即景——某男打電話

「阿美，今天晚上想和你去『燭光餐廳』，下班後我去接你」……咦！怎麼是男的接電話？（天啊！情人節被「甩」是多麼痛苦啊！）「先生，求求你，叫阿美聽一下電話好嗎？我有很多話要跟她說。啊！不認識我。別這樣，求求你，叫阿美聽一下電話吧！啊！沒這個人？我撥的號碼是３８３８４３３８，哦！你不是，錯了錯了。」

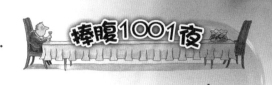

sorry！sorry！不好意思。」（掛電話，長舒一口氣，再撥電話）。

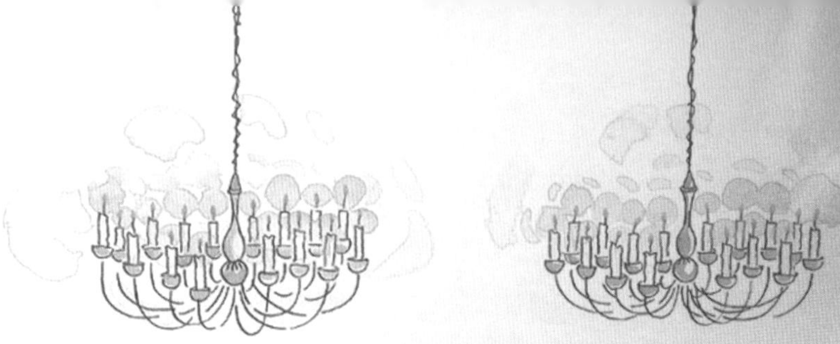

第5篇 生活

打錯地方

在公共汽車上，一個小偷在作案時被發現，被偷者抓住小偷說：「好啊！你小子想偷錢包！」小偷詭辯：「對不起，我的手放錯了地方。」「啪」，被偷者狠狠地搧了小偷一個耳光，說：「對不起，我打錯了地方。」

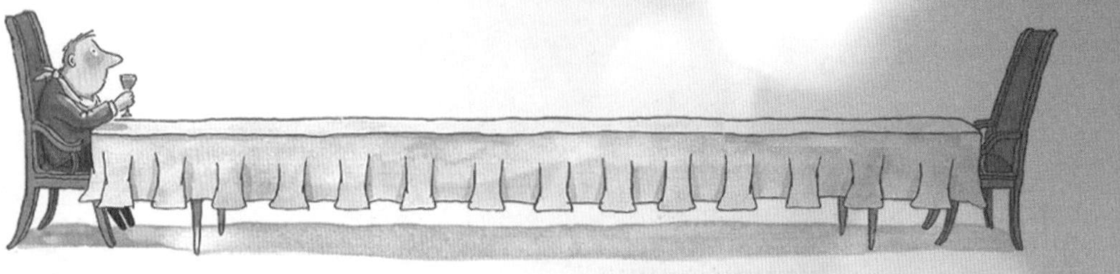

開竅

兒子：「爸，我的這篇稿子該往哪裡投？」

爸：「往錢多的地方投。」

兒子：「印鈔廠，可以嗎？」

自動減少☺

丈夫：「你這是怎麼做的？這牛肉餡餅沒有熟。」

妻子：「可我是按照食譜做的呀？食譜上的做法是六個人的分量，而我們只有三個人，所以我就減去了一半的餡料，當然啦，燒的時間也比書上寫的少了一半。」

價錢

女孩指著蛋糕問師傅：「師傅怎麼賣？」師傅答道：「師傅不賣，蛋糕三十塊錢一個」。

坐車不付錢

一青年騎著自行車，穿馬路過小巷，一不小心，前輪鑽入一老頭跨下，老頭還算機靈，緊緊抓住車把，連聲喝道：「停車，停車……」

奈何自行車沒剎車，帶著老頭不減速，直到撞到一堵高牆。

老頭心有餘悸，惴惴不安地說：「坐車

不用付錢吧？」

生活中來

老實話：一個男生去洗澡的路上碰到同班的一個女生，覺得應當打個招呼，可似乎又沒什麼話好說的，無意中冒出一句：「澡堂裡人多嗎？」

烏髮原因

松本謙三生活得稱心如意，看起來似乎比以前更年輕。事實的確如此，他那滿頭灰白頭髮現在居然變成了一頭烏髮。他的朋友們對這事議論紛紛。這到底應歸功於新遷居的名古屋良好的氣候，還是歸功於最近常吃的菌類食物的營養，眾說紛紜，莫衷一是。然而，有一天，松本謙三回到住所時，偶然發現僕人正拿著他的頭髮刷子刷亮他的黑皮鞋。這一瞧，他頓時什麼都明白了。

「請律師出庭」

兩個冤家路窄的人在大吵大鬧，一個說：「我要到法院去告你！」

另一個說：「奉陪！」

「我要把你告到最高法院！」

「奉陪！」

「我到地獄也要告你！」

「這個……」

「到時我會請我的律師出庭的！」

忘了摻酒

顧客：「你們賣的酒怎麼一點酒味都沒有啊？」服務員接過一聞：「啊，真對不起，忘記給您摻酒了。」

肉丸子☺

顧客：「買一斤肉丸子。」

店員：「請交九兩糧票。」

顧客：「買肉丸子怎麼還要交糧票？」

店員：「一斤丸子裡有九兩剩饅頭。」

倒車

集市上很擁擠，司機將貨裝好準備離開，開始倒車，車後不遠處是一位賣桃子的老人。「倒車……倒車……」車內傳出女聲的警示信號……

沒想到車倒的太快，車後的老人被撞倒，桃子也都被壓壞了。

司機趕忙下車把老人扶起來，並連忙道歉。

「你閃開……」

老人一把推開那司機：「我找那女的，都倒到哪兒了，她還喊倒，倒，倒……」

並不誇張

情景：一乘客在公車上買票。

對話：
司機：「哪兒上的？」
乘客：「後門上的！」
司機：「哪兒下？」
乘客：「後門下呀！」

改變生活方式

妻子：「每天你上班後，我就洗衣、掃地，然後做飯，好乏味，我都快要被煩死了。」
丈夫：「你可以改變一下生活方式啊！」
妻子：「真的，怎麼改變呢？」
丈夫：「你先做飯再洗衣，然後掃地。」

上電視

電視裡正在播放「尋人節目」，主持人正用焦慮的聲音說：「赫斯嘉！你現在在哪裡？趕快回來吧！你的家人都在焦急地等著你！」

「赫斯嘉的丈夫，我想你一定很擔心你的妻子吧？你想過她出走的最大原因是什麼嗎？」一位記者問赫斯嘉的丈夫。

這位丈夫鎮定地回答說：「我很清楚她出走的原因！從很久以前，赫斯嘉就一直希望找機會讓自己的照片出現在電視上，哪怕一次也好。如今她的夢想已經實現了，我深信她今天晚上一定會回家的。」

看孩子

今年中午去逛超市，正在裡面走著，只聽廣播裡傳來服務小姐的聲音：「各位顧客請注意，有一位穿格子上衣的小男孩與家長走散了，請這位小朋友的家長聽到廣播後速到服務台將小朋友帶回。」我正想著這位家長真是太粗心大意了，孩子丟了怎能不著急？就聽身邊有一對夫婦小聲嘀咕著，那女的說：「老公，趁現在有人幫我們看孩子，我們趕緊爭取時間，把剩下的東西都買齊。」

起名

MIKE開了家命名公司，據說由他起名的公司都飛黃騰達了，一時間聲名大噪，生意很是興隆。有家皮蛋廠皮蛋銷路不暢，廠長就找上門。要MIKE為他們的皮蛋起個好名字。

MIKE想了想，說道：「現在市面上流行的無非是『王』字和『霸』字，比如『畫王』、『花

王』、『視王』、『彩霸』還有什麼『麵霸』的，對了！」MIKE一拍大腿叫道：「不如你們的皮蛋就叫『王霸蛋』（王八蛋）吧！」

奇遇☺

一天，甲和乙在天堂門中相遇。

甲問乙：「你是怎麼死的？」

乙：「因為體溫太低而死，那你又是怎麼死的呢？」

甲：「我懷疑老婆有外遇，於是某天上班時突然回家，想來個捉姦在床，但是那個姦夫實在是太狡猾了，我怎麼都找不到，一氣之下心臟病發作而死。」

乙：「如果你當時打開冰箱，也許我們倆都不會死！」

饞媳婦

婆媳蒸年糕，婆婆不在家，兒媳婦偷偷在廁所裡吃年糕，婆婆回來，看兒媳婦不在，也偷年糕到廁所去吃，見到兒媳婦，很是尷尬，婆婆腦子轉得快，忙說：「我怕你一個不夠，再給你送來一個。」

救火

「在我家裡！」

「我是說失火的地點在哪裡？」

「在廚房！」

「我知道，可是我們該怎樣去你家呢？」

「你們不是有消防車嗎？」

油漆未乾

一個大霧的晚上，某司機迷失了方向，隱隱約約中，他看見路邊有一個路標，就把車停下來。可是霧太大，怎麼也看不見上面寫的是什麼字。於是他決定爬上去看看。

他爬到那個路標上，終於看清上面寫的字：油漆未乾，請勿觸摸。

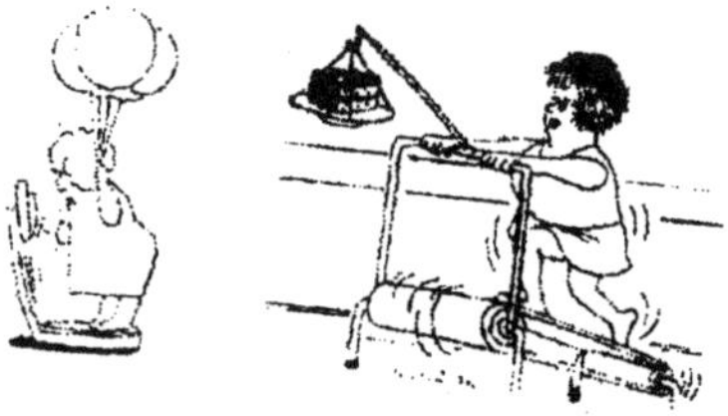

恰恰相反

顧客：「天哪！怎麼兩瓶啤酒就要收十美金呢！難道這兒啤酒廠真的就這麼少嗎？」

侍者：「不，先生！這兒稀罕的不是啤酒，恰恰是顧客。」

親生的

兒子對父親請求道：「我很喜歡萊溫斯基小姐，請您准許我們結婚吧！」

父親面帶愁容地說：「我老實告訴你吧，孩子！她是你爸爸年輕時跟她媽媽戀愛的結晶，她是你的親妹妹，所以你不能和她結婚。」

兒子知道這個祕密後，十分苦惱。母親看到他那愁眉苦臉的樣子，非常不忍心，於是也對兒子透露了一個真相：「沒問題，你也不是你爸爸親生的呀！」

答非所問

一位商人和他的朋友應邀到一位教授家裡赴宴。席間，教授問他是否喜歡莎士比亞。商人回答：「喜歡，但我更喜歡白蘭地。」眾人啞然。

在回家的路人，商人的朋友對他說：「你真蠢！幹麼提白蘭地？誰都知道莎士比亞是一種乳酪。」

老子就是我

兒子：「爸爸，這指南針送給你。」

爸爸：「孩子，你玩吧，我用不著它。」

兒子：「你從酒吧出來時，不是常常迷路嗎？」

爸爸：「行，我收下，聽說你們今天考歷史了？」

兒了：「是的，考的是中國古代史，問『老子』是誰，我怎麼也沒有想出來。」

爸爸：「笨蛋！天天見面都給忘了！『老子』就是我嘛！」

勇敢的消防隊員☺

一天，某小鎮發生一場大火，火勢兇猛，現場溫度極高，所有的消防人員都被迫退到很遠的地方，眼看大火就要蔓延開來。這時，突然有一輛救火車單獨衝進火場，從車上跳下幾位消防員，他們拚命地灑水救火，很快就把火熄滅了。

於是鎮長就為那幾位勇敢的救火隊員頒獎。在頒獎典禮大會上，鎮長問那位隊長：「你準備如何使用這筆獎金呢？」那位隊長還沒來得及回答，站在他旁邊的一個隊員便嘟嘟囔囔地說道：「首先要把那個該死的剎車修好。」

診費太貴

心理醫生：「我最近由於太急躁，精神過度緊張，得找個心理醫生看看。」

朋友：「可是，你不是同行裡最出色的醫生嗎？」

心理醫生：「這我知道，可是我的診費太貴。」

魚為什麼總是腥的？

上帝在伊甸園裡和亞當說話，突然看到夏娃準備去那邊的湖裡洗澡。

「夏娃，等等，不要去那邊的湖裡！」上帝急忙大叫，但還是晚了一步，夏娃已經下水了。

「他媽的，魚的味道永遠也別想純正起來！」上帝懊惱地說。

逐客妙法

傑克來到一家雜貨店，對老闆說：「我要買一磅蜂蜜，要跟上次買的一模一樣。我媽媽說，要是跟上次的不一樣，就不要了。」

商店老闆聽了這話非常高興：「噢，太好了，我很榮幸地聽到顧客對本店的蜂蜜有這樣好的評價。」

「不是這麼一回事，先生。事實上是我家來了很多朋友要吃茶點，我媽媽正在想辦法使他們下次不敢再來。」

那可不行

埃里克森先生正在房裡休息。忽然，他的女傭匆忙地從客廳跑進來，說：「先生，不好了，客廳著火了！」

埃里克森急忙和女傭一起跑了出來。

原來，女傭不小心將壁爐裡的炭火掉了一塊出來，將地毯引燃，燒了一塊大洞。

埃里克森心疼地說：「客廳裡有這麼多熱水瓶，你就不會把水倒出來滅火嗎？」

「那可不行！」女傭回答，「暖水瓶裡的水也是熱的啊！」

死證

某醫生聽到病人抱怨：「您的診斷與其他幾位醫生截然不同，是不是您弄錯了？」

醫生和藹地回答：「不要聽他們的，屍體解剖之後就能證明他們是錯的。」

出獄

一個犯人去看獄醫，醫生告訴他要切掉腎。犯人愁容滿面，可憐兮兮地說：「瞧，你已經割掉了我的扁桃腺、脾和膽囊，現在又要割掉我的腎。我只是想請你把我弄出去而已。」

醫生平靜地看著他說：「是啊，我是在想辦法把你弄出去，這不是正在將你一點一點地往外弄嗎？」

門診費

「請問，皮埃爾先生，」一個醫生問他的同行，「為什麼您在給病人看病時，總要特別詳細地詢問他常喝哪種酒。根據酒的牌子能判斷病人的健康狀況嗎？」

「當然不能，但根據酒的牌子我可以判斷病人的經濟狀況，然後據此來確定門診的費用。」

精神療法

一位醫生對他的同事說：「勸病人用精神治療法治病，有時也會有一定的副作用。」

同事不解地問：「怎麼回事？」

「上次我為一個神經衰弱患者看診」，醫生說，「我勸他到氣溫高的地方休養一段時間，他說經濟上不允許。我便讓他到屋頂上畫一個太陽，然後整天想像著在炎熱的太陽底下工作。」

「後來怎麼樣？」同事急迫地問。

「唉，他中暑了！」

商標不對☺

一個精神病人總是說他胃裡有個大酒瓶。醫生向他百般解釋，這只是一種幻覺，他就是聽不進去。一次，他因為盲腸炎到醫院開刀，外科醫生和精神科醫生商議，趁這個機會消除他的這個古怪幻覺。

手術進行得非常順利。病人慢慢醒過來時，醫生高舉一個大酒瓶說：「我們總算把它取出來了。」

「你們拿錯了，」病人尖聲喊叫，「我肚子裡的大酒瓶不是這個商標的。」

換位

一位員警在深夜時分回到家裡，為了不吵醒妻子，他悄悄地走進臥室，沒有開燈，可他剛剛鑽進被窩，妻子就醒了。

「噢，親愛的，」她說：「我頭疼得厲害。你能出去為我買點阿司匹林嗎？」

於是這位員警重新穿上衣服來到藥房。

「嘿，」藥房的售貨員對他說，「我記得你是一位員警呀！」

「沒錯，我是。」這位員警回答道。

「那你為什麼會穿著救火隊員的制服呢？」這位售貨員問。

最樂觀的人

貝爾被人稱為「世界最樂觀的人」。

這一天山洪暴發，大水漫過村莊。貝爾坐在自家屋頂上，樂滋滋地唱著歌。

鄰居划著船到他家，大聲說：「貝爾，你的鴨子都被沖走了！」

「沒關係，牠們都會游泳。」

「你的麥子也被淹光了。」

「沒關係，反正今年欠收成。」

「哎呀，水淹到你家的窗戶了！」

「太好了，我正準備擦洗窗戶，這下就省事多了！」

搞錯

夜半時分，海倫痛苦地驚醒：「快，快！趕快給醫生打電話，我可能得了闌尾炎。」

於是丈夫大衛趕緊拿起電話：「醫生，是我老婆，對，她半夜驚醒，可能是闌尾發炎了。」

「大衛，保持鎮靜，回去睡覺，我記得在四年前你夫人的闌尾早已被切除，在我的從業生涯中，沒聽說此後還會有誰得過闌尾炎。」醫生回答。

「不錯，可你沒聽說過有人還會有另外一個老婆嗎？」大衛冷冷地問。

推銷員

一天某推銷員按響門鈴：「太太，我這邊有一本書《丈夫晚歸五百種藉口》，你一定要買！」

某太太：「笑話！我為什麼一定要買？」

推銷員：「因為我剛剛賣給你先生一本！」

別凍著

一位丈夫捉住妻子與另一個男人在床上鬼混，他憤怒地拿出槍要殺那個男人。

「不，不要，不要殺他，」妻子懇求道。「你知道是誰為我們那輛新車付的錢嗎？還有上次的假期，你知道是誰讓凱文去私立貴族學校上學的嗎？」

「是你嗎？」丈夫問那個男人。

「是的。」那個男人慌慌張張地回答，一個勁地點頭。

「那好吧，把衣服穿上，」丈夫說，「你並不想患感冒，是吧？」

等公共汽車☺

一位家住在市區主幹道的婦女對自家臥室的壁櫥感到很苦惱。每次有汽車從她家經過，這個壁櫥的門都會自動彈開。

於是她叫來一位木匠，他圍著這個壁櫥進行了全面檢查，但從外面看找不到任何原因，於是他就鑽到裡面去。正巧這時女人的丈夫回來了，他感到有什麼東西在他們的臥室裡，於是他猛地拉開壁櫥的門。

「你在這裡做什麼？」丈夫惡狠狠地問道。

「我說我在這裡等公共汽車，你相信嗎？」這位木匠答道。

裝修

律師的太太對丈夫說：「我們的房子和家具的樣式是不是太陳舊了？應該重新裝修一下。」

律師：「別急，親愛的寶貝，我剛好接手一宗離婚案，男方是個有錢的富翁。等我拆散了他們家，就來裝修我們的家。」

父親

在百萬富翁的葬禮上來了許多弔喪的人，其中有一個青年哭得死去活來。

「想開點吧！」不明真相的人安慰他。「故去的是您父親嗎？」

「我哭的就是這個呀！」年輕人哭得更厲害了，「為什麼他不是我的父親啊！」

負負得正

一對夫妻出外旅遊，剛上火車坐在座位上，妻子便嚷道：「天哪！我忘記拔掉熨斗的插頭了，上帝保佑可別著火。」

「一點危險都沒有，」丈夫滿面笑容地答道，「我忘了關廁所的水龍頭了。」

做好事

某人（到教堂）：「神父，我……我有罪……」

神父：「說吧，我的孩子，什麼事？」

某人：「在二次大戰時，我藏過一個被納粹追捕的猶太人……」

神父：「這是好事啊，為什麼你感到有罪呢？」

某人：「我把他藏在我家的地下室裡……而且……而且……讓他

每天交給我一千六百法郎的房租……」
神父：「你就為這件事懺悔？那……」
某人：「不是，我……我直到現在還沒有告訴他二戰已經結束了！」

逆向思考

義大利人對猶太人說：「我們在古羅馬城地下發現了電纜，這說明我們的祖先早就發明了電話通訊。」
猶太人：「你知道在耶路撒冷地下發現什麼了嗎？」
義大利人：「發現了些什麼？」
猶太人：「什麼也沒有被發現。」
義大利人：「啊？」
猶太人：「這說明我們的祖先早已發明了無線電。」

打洞

一個罪犯的妻子要求獄吏給她丈夫一份輕鬆一些的工作。

「他抱怨說他近來一直覺得很勞累。」她解釋。

「可他白天什麼工作也沒做呀。」獄吏回答。

「那就在晚上了。聽他說，連續幾個晚上他都在打一個牆洞呢。」

新鞋

莫里森買了一雙新皮鞋卻不穿。一星期後妻子問他：「你為什麼還不穿那雙皮鞋呢？」

「明天就可以穿了。買鞋時售貨員對我說，頭一個星期，這雙皮鞋會有些夾腳。」

因材施「治」☺

祖母和外孫女在診室裡。

「解開衣服。」醫生對漂亮的小姐說。

「不，大夫，」老太太說：「我才是病人。」

「是嗎？那就伸出舌頭吧。」

「炮手」

一位新來的守夜人去一家天文台上班。他目不轉睛地盯著一位天文觀察員把一架龐大的天文望遠鏡瞄準著廣闊的天空。突然，一顆流星劃破天空，殞落天際。

守夜人大為驚訝，讚嘆道：「先生，您這一炮打得實在是太準了！」

費用

如果您需要諮詢或獲得建議，我們將免費提供，如果您需要正確的答案，請您務必付費。

教授

「我的鞋呢？」下課的時候心不在焉的教授自言自語地問道。

「在你的腳上呢！」有一個學生說。

「呵，可不是嗎，幸虧你看見了，要不我只有光著腳回家了。」

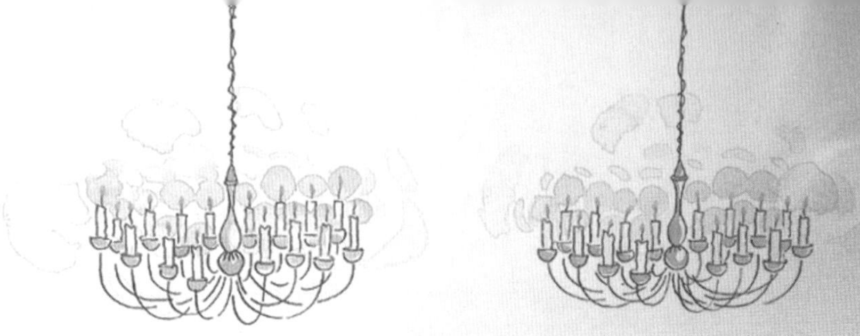

第6篇　休閒

沙發

我非常喜歡在你身上爬來爬去，喜歡觸摸你的每寸肌膚，喜歡躺在你的懷裡，我一刻也離不開你——沙發！

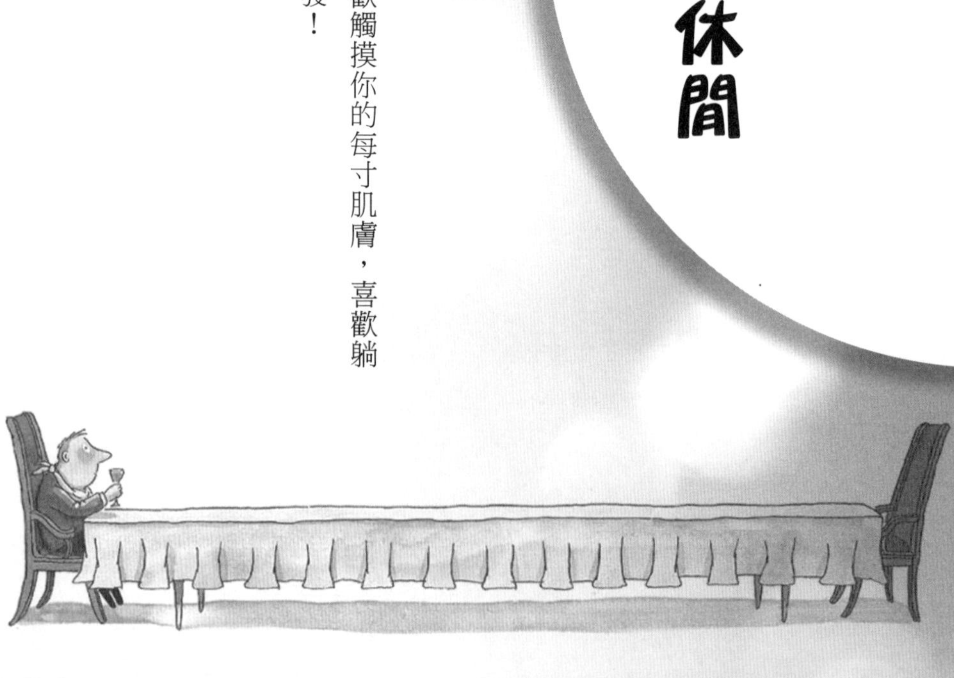

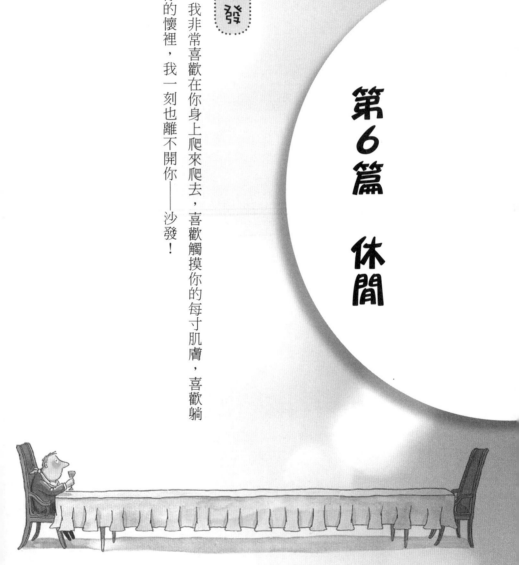

寫字

一位女學生問老師：「糞字怎麼寫？」老師說：「啊，是怎麼啦？這個字就在嘴邊了，可就是出不來呀！」

無聊

每天都非常無聊：和喬丹打打藍球，和泰森玩玩拳擊，和柯林頓聊聊緋聞，與賓拉登炸炸高樓，與李登輝吹吹牛皮，與海珊談談判，與布希打打導彈，沒事對小豬說聲晚安！

貓

一司機壓死一隻貓，他問路邊的小孩：「是你家的嗎？」答：「牠大小、顏色都和我家的一樣，但我家的貓卻沒有這麼扁。」

照打

饅頭和麵條打架，結果饅頭被打哭了，就回家把花卷、包子叫來，去找麵條算帳。結果是速食麵開門，饅頭說：「渾蛋！別以為你把頭燙了就不認識你了，照打。」

開玩笑

網上美女笑一笑，布希抱著賓拉登跳；網上美女笑兩笑，上網電腦都燒掉；網上美女笑三笑，全球核武都自爆。

對聯

A：「我出一個對聯，上聯是『在上為帥』，橫批是『天蓬元帥』，下聯是什麼？」B：「在下為豬！」

橫行

我原以為只有螃蟹才這麼走路，沒想到小兄弟你也喜歡橫行，失敬失敬！

錯罵

別罵自己的孩子是「小兔崽子」，因為從遺傳學的角度來說，這對家長是極其不利的。

翻譯

搶劫者須知：本行職員只懂葡萄牙語，請您搶劫時一定要有耐心，最好攜帶翻譯一名，多謝！

品行

衡量一個人的道德水準如何，其實很簡單：只要發一根香蕉給他吃，看他如何處理香蕉皮即可，只有猴子才會隨手扔掉。

豬

有人說你是豬！我嚴肅地批評了他！哪能這樣說髒話呢？怎麼能人家長得像什麼就說人家是什麼呢？

調皮☺

第二次撞擊發生了，記者說：「我話還沒說完，你又把另外一架飛機撞了，賓拉登，你真是太調皮搗蛋了。」

講道理

布希：「哎呀！你真的要炸嗎？你為什麼要炸呢？你想炸你就告訴我一聲嘛，你不說我怎麼知道你真的要炸呢？你說了炸，我會讓你炸嗎？大家得講講道理啊？」

階級壓迫

馬克思語：「撞五角大樓是一個階級壓迫另一個階級的結果，你們失去的是生命，得到的是整個世界的尊重。」

本山語：「布希應該得到教訓了，別在地球上到處搗亂。樹敵太多你將寸步難行，以後別再惹伊斯蘭好漢了，可你老毛病如今又犯，惹惱伊拉克就更不好辦了。」

對不起

曾經有無數次可以避免的機會，我沒有珍惜，等到大廈倒了，我才追悔莫及，如果上帝能再給美國一次機會，我會對全世界說：「對不起」，如果非要加上一個期限，我希望……

同根生

我做了個夢，你是主角！夢見你手提菜刀氣喘吁吁地在追一頭豬。那豬突然跪地求饒：「本是同根生，相煎何太急！」

天地正氣

茅坑門聯：天下英雄豪傑，到處低頭屈膝；世間貞女節婦，進來解帶寬裙；橫批：天地正氣。

殊途同歸

一位粗心大意的年輕醫生，由於筆誤在病人的病歷卡上錯寫成「肛門發言」。主任醫師看後，大怒，寫了一個批語：「屁話」。

擠出來

有一老者，因兒媳臨產，借宿老友家。友問何故？回答：「甭提了！兒媳婦生孩子把我擠出來了。」

富婆的苦衷

一位富婆從國外回來，在克里迪普大街的最低處走上岸了。她準備通過泥土地步行去酒店。

「夫人，」一位員警走過來說，「我不能讓您這樣做。您這樣做會弄髒您的鞋子和長統絲襪的。」

「噢，沒關係，真的。」富婆露出開心的微笑，回答說。

「但是，夫人，那樣還是不行。從碼頭到酒店的一路上，就像您親眼看見的，還有匍匐排成了一條線的新聞記者。他們都盼望得到您的青睞，好讓您從他們身上踏過去。」

「原來如此」她說道。接著坐下來，打開手提袋，「我得趕緊穿上我的橡膠長統靴。」

車廂裡☺

在某公共汽車終點站上，停靠著一輛待發動的公車。車上的座位已坐滿了人。這時，坐在車身靠後門座位上的一位婦女起身到前門售票員處去投錢。與此同時，後門上來一位小姐，見有空座位就坐下了。

那位去買票的婦女返身回來發現自己的座位被別人占了，頓時橫眉豎目大聲道：「還不知自己會下蛋，占窩倒挺快。」

那位坐著的小姐先是一愣，轉眼看到她手中拿著的車票，突然像是明白了什麼，一邊起身，一邊道歉：「對不起，耽誤您下蛋了。」

「理」在其中

傑克騎著自行車在街道上疾駛，過往的人群紛紛避讓，員警驅車上前阻止他問：「您為什麼騎得這麼快？」傑克回答：「對不起，我的剎車壞了，所以我想盡快騎回去修理，以免發生意外！」

口誤

某君赴宴遲到。匆忙入座後，見一烤乳豬就在面前，於是大為高興地說：「還算好，我坐在乳豬的旁邊。」

話一出口，才發現身旁一位胖女士正怒目而視，他急忙陪著笑臉說：「對不起，我是說那隻烤好了的。」

婚外情

「新婚的激情已經消失了。」甲對乙訴苦道。

「那為什麼不來點刺激的，比方說婚外情什麼的？」乙對甲建議。

「如果我妻子知道了怎麼辦？」

「這都什麼年代了，直接告訴她不就得了。」

於是甲回到家中對妻子說：「親愛的，我想一次婚外情會使我們更愛對方的。」

「快放棄這個愚蠢的念頭吧！」妻子說：「我已經試過了——一點兒也不靈！」

吝嗇 ☺

有一對揮金如土的夫妻，他們總是夢想到夏威夷去度假，但他們總是不能賺到足夠的錢。於是他們有了一個想法，每一次他們做愛後，他們都要往一個儲蓄罐裡放五英鎊。於是，他們買來一個儲蓄罐，這樣進行了二年的時間。後來他們認為他們賺的錢已足夠他們去夏威夷度假了，就打破儲蓄罐。

丈夫看了看裡面的存錢說：「真奇怪！每次我們做愛後，我放進去的都是五英鎊啊，但這裡現在怎麼有一些二十、五十英鎊的鈔票？」

「你以為每個人都像你這樣吝嗇嗎？」他的妻子悠然說道。

三個問題

一個人問他的律師：「我問你三個問題，得支付你多少錢？」

「五百英鎊。」這位律師回答。

「上帝，」這個人說，「這簡直太貴了，對嗎？」

「我認為是這樣，」這位律師回答，「你的第三個問題是什麼？」

自信的旅行者

一位旅遊者來到一條鄉間小路，見路邊一個路牌上寫著：「此路封閉，不能前進」。他見前面沒有什麼障礙，自信旅行經驗豐富，便照例前進。不久，他走到一座斷橋邊，不得不回頭。當他回到剛才放置路牌的地方時，只見路牌的背面寫著：「歡迎你回來，蠢驢！」

不同的時間

一個人一天晚上醉眼朦朧、糊裡糊塗地朝家走去。他問一個路人幾點了，那個人告訴他時間後，他嘮叨著說：「我真不明白。這是我問過的第五個人了，怎麼每次我都是得到不同的回答呢？」

折舊費

女士向男士索要青春損失費。

男士：「青春損失費是什麼東西？是不是折舊費啊！」

女士：「跟折舊費差不多。」

男士：「既然是折舊費，那為何只有你有折舊，而我就沒有折舊呢？如果是這樣的話，我還得跟你要磨損費呢！」

嘗試

一個傢伙帶著鱷魚來到酒吧，對嚇壞了的人們說：「我跟你們打個賭，我將把我的那個傢伙放到鱷魚的嘴巴裡去，二分鐘以後，鱷魚會張開嘴，如果我的那個東西依然完好無損，請你們每人給我買一杯啤酒。」

人們點頭表示同意。於是，那人把他的那個玩藝兒放進鱷魚的嘴裡。過了二分鐘，他抓起一個酒瓶，狠狠地砸了一下鱷魚的腦袋。鱷魚張開嘴巴，他取出那玩藝兒來，果然一點也沒有傷。人群歡呼著為他買了酒。

過了一會兒，那人又站起來說：「誰願意再試一次？這五十英鎊就歸他了。」

大家誰也不敢出聲，都不由自主地向後退。忽然，人群後面一個金髮美女大聲說道：「我願意試，可你得答應別用酒瓶敲我的頭。」

智力測驗

有一日甲、乙、丙三人在一起閒得無聊。聽別人說現在發明了能測試智力的電腦。

他們三人就一同前往，到了後，甲把腦袋放在電腦上，只見上面顯示：您的智力很好，有九十八。

乙把腦袋放在電腦上面，只見上面又顯示：您的智力只有〇．八，您還需要繼續努力學習。

這時丙就大笑乙的智力很差。

接著換丙把腦袋放在電腦上面，只見上面顯示：別拿石頭開玩笑。

測試以後乙和丙決心發憤圖強開發智力。

一年後他倆再次來到這裡，乙首先把腦袋放在電腦上，只見上面顯示：您的智力上升了五倍，現在為四了，

然後丙又大笑乙的智力上升得為什麼這麼慢。

待丙把腦袋放在電腦上面時，電腦上面的顯示是：這塊石頭好像有點面熟。

妙法

「由於越來越多的婦女崇尚新式的休閒服裝，例如迷你裙和牛仔短褲，」妻子津津有味地念著報上的新聞。「所以，街上的交通事故據統計已經減少一半多。」

這時，正在旁邊看電視的丈夫突然插嘴道：「那麼，為什麼不想辦法徹底杜絕交通事故呢？」

求賢若渴

老闆布希到警察局報案：「有個罪犯冒充我的推銷員，在鎮上賺了五十萬美元！這比我所有的雇員在客戶身上賺到的錢還要多得多。你們一定要抓到他！」

「我們會抓住他，把他關進監獄的！」

「關起來做什麼？我要聘用他！」

那條道上的？

戲院前座有個男人橫躺著，一人占去四個位子。帶位的小姐跟他說：「先生，一個人只能坐一個位子。」他只低哼了一聲，動也不動一下。小姐請來戲院經理，經理客氣地說：「先生，麻煩您坐好，一個人只能占一個位子的。」他還是只哼了一聲，沒有動作。經理只好請來員警。員警說：「老兄，你很狠啊！你哪條道上的？」那人低哼了一聲，說：「……樓上走道上……跌下來的……」

野外郊遊

甲乙丙三人一起去野外郊遊。一天晚上，乙打了一個噴嚏，噴到了甲和丙的臉上。甲和丙生氣了，便對乙說：「以後，如果有什麼事就叫一聲。」過了一會兒，乙叫了一聲，甲和丙立刻躲進被子裡，結果乙在被子裡放了一個又臭又響的屁。

死者的父親☺

老王有天在街上閒逛，看到不遠的前方似乎有車禍發生，一群人擠著去圍觀，老王連忙趕上去，可是人太多了，怎麼擠也擠不進去。

老王突心生一計，大喊：「讓開！我是死者的父親」

這時大家都以訝異的眼神望著他，原來……死的竟是一條狗。

冷戰

有一天，李先生和李太太又開始冷戰了，誰也不肯先和對方說話。於是，兩個人一直持續冷戰著……

隔天，李先生因為一大早要開會，於是，李先生就拿了一張紙條給李太太，上面寫道：明天早上七點叫我起床。

隔天早上。李先生起床時已經八點了，他又氣又急，但是他發現一張紙條放在一旁，上面寫：死鬼，七點半了，還不趕快起床……

難吃

某天，有一個人上餐廳用餐，結果菜餚令他很不滿意。就很不高興的找服務生來，說：「你們的菜怎麼這麼難吃，叫你們經理來！」

服務生：「我們經理到對面的那間餐廳去吃午飯了。」

釣魚

一個一點都不懂釣魚的人跟他的朋友出去釣魚。過了一會兒，他的朋友聽到他怯怯的問：「這個紅紅的小東西值多少錢？」

「哦，非常便宜。你問這做什麼？」

「我想借你的用一用，我的那個剛剛沉下去了。」

七個男人和一個女人的故事

一家電影院剛剛開業，門口貼著一張宣傳海報，內容是：七個強壯的男人趁著一個美麗的女人睡著時將她拖入森林，後來……

許多人看到這個廣告都買票去看電影，電影開演，銀幕上出現了四個字：「白雪公主」。觀眾愕然……

又過了半個月，這家影院又打出廣告，七個成熟男人和一個美貌女人的糾纏……

大家怕再上當，就去打聽，問是不是還是《白雪公主》，影院經理保證說：「絕對不是……」影院又是爆滿，電影開演了，銀幕上又出現了四個字：「八仙過海」。

魚翅肉羹

有一個人在路上看到兩家賣肉羹的菜店，一家的招牌寫著阿榮肉羹，生意清淡。另一家寫著魚翅肉羹，生意比較好。他心想有魚翅可能比較好吃，於是便叫了一碗魚翅肉羹。可是他吃了半天只吃到肉羹而沒有魚翅，便叫老闆來……客人：「老闆你這魚翅肉羹怎麼只有肉羹沒有魚翅？」老闆：「不好意思，小弟的名字叫魚翅。」

奶瓶

動物園管理員對遊客說：「不必害怕，這頭獅子非常馴順，牠是用奶瓶餵大的。」

遊客：「我也是用奶瓶餵大的，但是我現在卻非常喜歡吃肉。」

招聘考試

一次，一家旅館招聘侍者，前來應聘的人很多。老闆想考考他們：「有一天，當你走進客人房間時，突然發現一位女客正在淋浴。你應該怎麼處理？」

眾人搶著回答，有的說：「對不起，小姐，我不是有意的。」有的說：「小姐，我什麼都沒看見。」

老闆聽後直搖頭。這時，一個年輕人走上前說：「對不起，先生！」

結果，他被錄用了。

沒關係

客人：「你把我的頭理成這樣子，要我怎麼出去見人啊！」

理髮師：「沒關係。本店兼營帽子和假髮。」

外星人的用途

某研究太空組織捕獲一外星人

美國人圍著外星人左轉三圈，右轉三圈，說：「解剖，看看什麼構造……」

日本人圍著外星人正轉三圈，倒轉三圈，說：「看是什麼材料？我們也造一個？」

中國人走到近處，看了一眼，對旁邊的人說：「拿去做個熱湯吧……」

撞——逃☺

據風雲4號氣象衛星勘測：今晚將有一顆彗星撞擊地球，落地點就是你的床！為防止意外請睡覺時屁股朝天，且放屁請等至天明，以便利用氣體衝力改變落點！

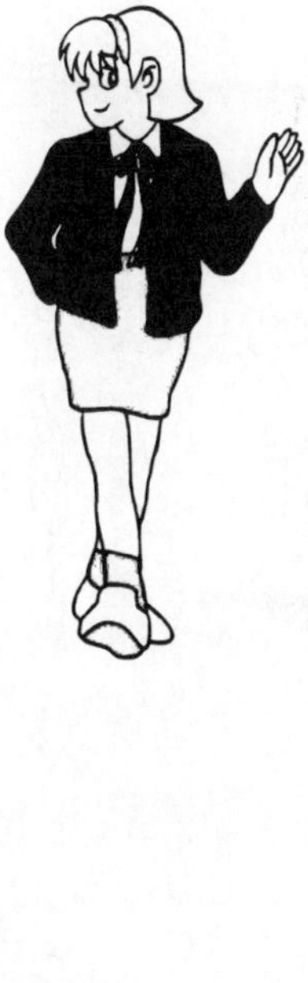

機會

去潛水時，一定要帶上朋友同去。如果你的氧氣沒了，你的朋友會幫助你的；如果你忘了水面的方向（當然這有點兒不可能），你的朋友也會幫助你的；如果你的裝備出了問題，他也會幫助你的；但最重要的一點是，如果一條鯊魚突然出現，你的生存機會最起碼會增加到百分之五十，而不是零。

倆人

一個醉漢手握酒瓶搖搖晃晃地撞在一位行人身上。

行人很不高興地說：「你沒長眼睛嗎？怎麼沒看見人？」

「恰恰相反，我把你看成兩個人啦，我從你倆中間走過去。」

適得其反

查理夫人在她丈夫下班回來時，還在打掃房間，她的衣服又髒又破，頭髮亂蓬蓬的，一臉灰塵。她丈夫說：「我勞累了一天回來，見到的你竟是這副糟相！」

他們的鄰居海倫夫人恰巧也在場。她聽到查理先生的話，趕忙跑回家，仔細地梳洗打扮一番，等丈夫回來。

海倫的先生回到家時已經很晚了，慢慢地推開門，見到妻子一愣，隨即憤怒地大叫道；「今天晚上，你是要等什麼人來？」

情人節禮物

先生：「這是情人節我送給你的珍貴禮物！代表我的一顆心。」

（遞上一份包裝精美的心形巧克力禮盒）

小姐：「謝謝！（當即打開）哇！你的心真黑！」

……

陳年老酒

顧客：「服務生，你過來看看，你們這酒裡怎麼漂著一根白頭髮？」

服務生：「先生，從這一點您完全可以驗證我們的酒確實是陳年老酒，香得很。」

親吻

母親：「寶貝，快去吻吻你新來的老師。」

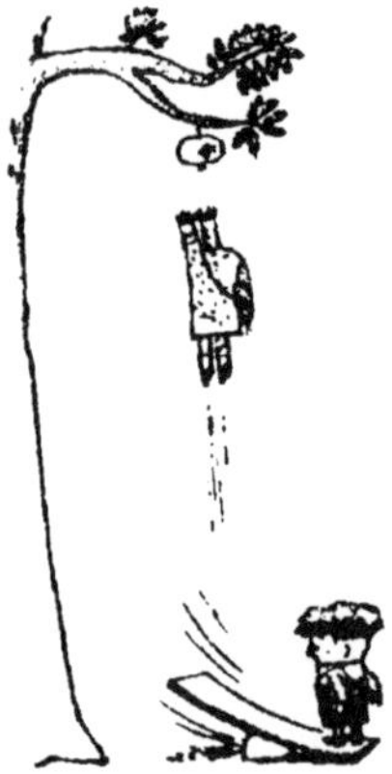

布希：「我不敢！剛才爸爸吻她，被她打了一記大耳光。」

喝一杯送二杯

兩個傢伙走進一家酒館，其中一位對老闆喊道：「嘿，麥克，給我和我的朋友拿酒來。」隨後他轉向他身邊有點鬱鬱寡歡的朋友誇口道：「這是一家非常好的酒館，喝兩杯贈一杯，另外水果也是免費送的！」

「這有什麼了不起的，」他的朋友說，「在鎮裡還有一間酒館，喝一杯送二杯，你還可以免費在那裡睡覺。」

「這個地方在哪兒？」第一個人急切地問道。

「噢，我不知道，」他的朋友回答，「可是我老婆經常去那裡。」

到外面玩

由於第一次乘飛機，瓊斯的兩個兒子興奮得坐立不安，他們在走道上跑來跑去，差點撞翻了空姐手中的飲料。瓊斯立刻責備他們說：「別總在這裡胡鬧，到外面去玩吧！」

開玩笑

有一個人坐在酒館裡喝酒，這時一個漂亮美豔的年輕女子在他身邊坐下來並對他露出極燦爛的微笑。他正在琢磨應如何與她搭訕時，她突然以整個酒館的人都能聽得到的聲音嚷道：「上你那去？絕對不行！」說著她站起身朝酒吧的另一個方向走去。

整個酒館的人聽到這話都把目光投到他這裡來，他坐在那裡，如坐針氈，既迷惑不解又極為尷尬，眼睛看著手中的酒杯，心裡想著應如何走出酒館。過了一會兒，她又返回來，再次坐在他身邊並低聲說：「嗨，很抱歉。我是心理系的研究生，我正在做一項實驗，想看看人處在出乎意料的壓力環境下會作何反應。請接受我的道歉，請讓我替你買單。」

這個傢伙突然憤怒地站起來並扯著嗓門喊道：「一百英鎊，你在開玩笑！」

沒東西

丈夫望著平胸的妻子在試穿新內衣時，譏諷地說道：「親愛的，你實在用不著戴這種玩藝兒，因為裡面根本就沒東西可裝嘛！」

妻子頭也不抬，冷冷地回答：「你不也照樣穿內褲嗎？……」

精打細算

一個人走進一家銀行，申請貸款二百英鎊，並承諾在六個月內付清。銀行負責人問他是否有可用做貸款抵押的東西。這個人回答：「我有一輛勞斯萊斯，你們可以保留它，一直等到我把貸款還清，這是車鑰匙，給你。」

六個月後，這個人又來到銀行，還清了二百英鎊貸款，另加十英鎊利息，重新收回了自己的勞斯萊斯轎車。

銀行負責人問他：「先生，可是我想知道，您既然能夠買得起勞斯萊斯，為什麼還要借二百英鎊呢？」

「我要去國外待上六個月，到哪兒能夠找到把勞斯萊斯保管六個月只花十英鎊的便宜事呢？」

孩子氣☺

海倫一家人在沙灘上曬太陽，這時一個美麗的金髮女郎走過，十二歲的兒子目不轉睛地看著她遠去，海倫太太用胳膊肘碰碰丈夫，低聲道：「看，你的兒子長大了。」幾分鐘後，一個妖豔的少婦穿著泳衣在他們面前走過，海倫先生禁不住往她的好身材投去欣羨的目光，這時他的太太又用胳膊肘碰碰他，並低聲責備道：「唉，別那麼孩子氣。」

度蜜月

法國一家旅行社刊出這樣一則廣告：「請飛往南極度蜜月吧！當地夜長二十四小時。」

不會介意

兩個久別重逢的老朋友一起來到酒館暢飲。

其中一個見另一個滿面愁容，就問道：「怎麼了，老兄弟？」

另一個則哭喪著臉回答：「唉，別提了。昨晚我迷迷糊糊地與老婆做完那事後，順手塞給她二百英鎊……」

「在那種時候，她肯定不會介意的！」前一個人趕緊安慰他的朋友說。

「關鍵不在於此，她……她居然順手又塞給我一百英鎊！」

陰錯陽差

馬格努斯結婚十週年紀念日那天，他決定給老婆一個驚喜。於是他扮成了一個陌生男子，手裡捧著一束鮮花，早早地趕回家。他按了門鈴之後，他老婆一開門就說：「快點進來，我老公現在還沒回來。」

夕照

父親：「這是我小女兒畫的夕照。你還不知道吧？她在國外學過繪畫。」

朋友：「啊，難怪我在本國從來沒見過這樣的夕照。」

調音

「我是來給鋼琴調音的，先生。」站在門前的人說。

「可是我並沒有請人來調音啊！」主人說。

「是的，你確實沒有請我，先生，但是你的鄰居堅持叫我來。」

丈夫不在家

疲憊不堪的丈夫對妻子說：「不管誰打電話來。都說我不在。」

過了一會兒，電話鈴聲響了，妻子拿起話筒，小聲地說：「喂！我丈夫現在在家呢！」

「我不是交代過你，要說我不在家嗎？」丈夫怒氣沖沖地吼道。

「你吼什麼，電話是打給我的！」妻子回答。

給媽媽加油☺

一天，兒子無意間闖進父母的臥室，結果看到父母正在做那事。

「喂，你們在做什麼？」兒子驚奇地問道。

父親答道：「啊，兒子，我正往你媽的油箱裡加油呢！」

兒子說：「噢，那她一定可以一口氣開好遠的路了，因為今天上午雜貨店的老闆已經給她加過一次了。」

真實的笑話

某男甲，貌似潘安，某男乙，面部凹凸不平，一日，與某女共談。

甲說，「乙，蒼蠅不敢落在你臉上。」

乙問，「為何？」

甲說：「怕拐到腳。」

女笑。

乙說：「蒼蠅也不敢落在你臉上。」

甲問：「為何？」

乙說：「你的臉太光滑，蒼蠅怕劈腿。」

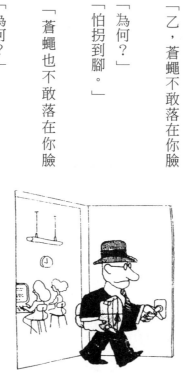

先殺後「煎」

話說某日，某員警在巡視時經過某巷子忽然聽得一對話。甲：「這個要如何處理？」乙：「我們應先把她殺了，再姦了她……」

此時這位員警先生二話不說拔起槍來破門而入，只見兩個男人站在廚房裡，手中抓著一條魚……

做天氣預報

約翰來到職業介紹所，對工作人員說道：「我實在不知道該給我兒子找一個什麼樣的工作，他是那麼的不可靠。」

諮詢人員想了想說道：「那就讓他去氣象台做天氣預報吧！」

放大鏡

某人因過於肥胖而在整個城市婦孺皆知。一天，正當他在酒吧飲酒時，進來一個外地人，盯著酒吧的玻璃門仔細地瞧。胖子很生氣，因為他注意到外地人始終盯著自己的影子看。正待要發作時，外地人突然敲了一下玻璃，問酒吧裡的夥計：「嘿，夥計，這塊玻璃難道是個放大鏡嗎？」

相隔一年

劇院幕間休息時，丈夫到休息廳買了一罐啤酒。妻子說：「親愛的，你曾對我發過誓，承諾五個月之內滴酒不沾！」

丈夫說：「親愛的，據節目單介紹，第一幕到第二幕之間的時間相隔一年！」

什麼滋味

有一個小姐很有錢。一天傍晚，一個貧窮但誠實的年輕人與她幽會。

「你真那麼有錢？」他吻著她，溫存地說。

「是的，」她坦率地承認，「我擁有一百萬英鎊。」

「你能嫁給我嗎？」

「不。」

「我早知道會是這種結果。」

「那你又何必問呢？」

「我只不過是想體驗一下，當一個人失去一百萬英鎊時究竟是什麼滋味。」

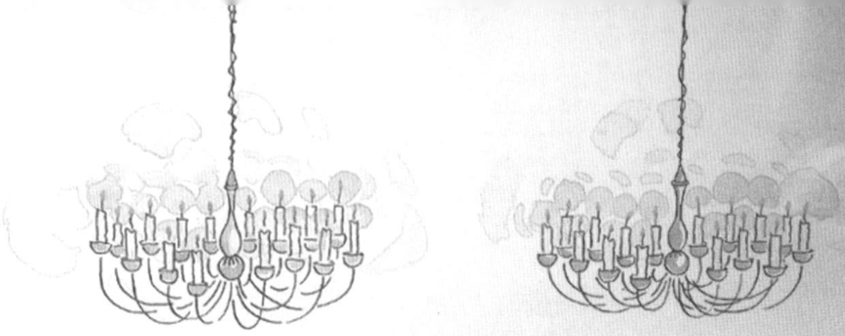

第7篇　動物

非常傻

一位父親正跟六歲的兒子講睡懶覺的種種壞處，最後，他鄭重告訴兒子說：「記住，鳥兒只有起得早，才能捉到蟲子。」

兒子不服氣：「那麼，蟲子起得早不就非常傻了嗎？」

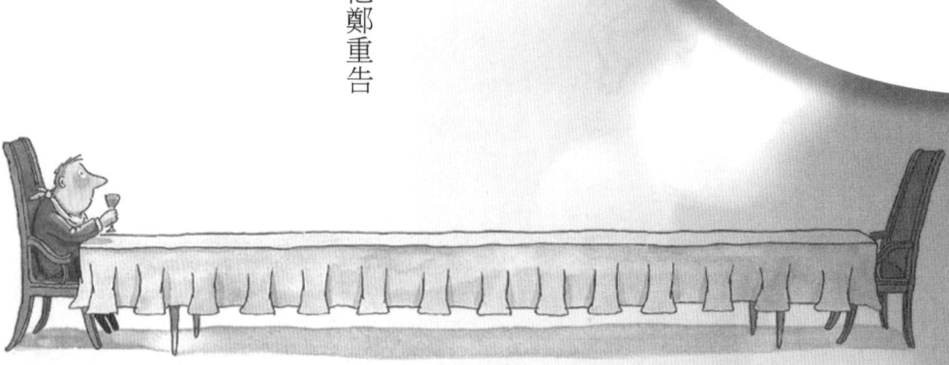

一生與一夜☺

一隻螞蟻與一頭大象聚在一起，牠們瘋狂地玩耍，整個晚上都沒休息。但不幸的是，當那隻螞蟻第二天早晨醒來時，發現那頭大象卻死了。

「噢，他媽的，」螞蟻哀嘆：「我只得到一夜的快樂，卻得用一生的時間來挖掘一座墳墓！」

狗和倒影

一隻狗嘴裡叼著一塊肉，路過一座橋，突然，牠看見了橋下河水裡自己的倒影。牠卻把倒影當作了另一隻狗，那隻狗也叼著一塊肉，看起來比牠自己的那塊肉還要大許多。狗很生氣，於是就扔掉自己嘴裡的那塊肉，向河裡那一隻猛撲過去，要奪那更大的肉。結果，牠要奪的那塊水中肉卻立刻消失了，因為那只是一個倒影而已；而牠自己那塊肉也掉到河裡，河水很快把肉沖走了。

沒斷奶的小狗

一個人在海外做完生意決定返回家鄉時，決定給自己的兒子帶回一隻小狗作禮物。但不幸的是他沒有足夠的時間做購買動物的申請，他也不願讓那隻小狗經過六個月的檢疫期，於是決定把小狗裝在自己的褲襠裡，然後去乘坐飛機。

他進入飛機大約半小時後，空中小姐發現這個人開始搖擺並顫抖。「你不舒服嗎，先生？」她問他。

「不，我很好。」這個人回答。

過了一會兒，空中小姐又注意到這個人開始呻吟，並再次開始搖動。

「你真的沒有不舒服的感覺嗎？」她再次問他。

「是的，」這個人說，「但我必須得承認一件事情。我沒有時間為在外購買一隻小狗而去做申請，於是把牠放在我褲子裡了。」

「噢，天哪，」這位空中小姐說，「我想牠一定還沒得到訓練，是吧？」她猜想地笑著點頭說。

「噢，不，不是這個問題，」這個人說，「真正的問題是牠還沒有斷奶呢！」

鸚鵡的故事

露露特別喜歡鸚鵡。有一天她路過一家鳥店，發現裡面正在拍賣一隻鸚鵡，她看到那隻鸚鵡特別漂亮，於是她走進鳥店，喊道：「我願意出二百塊錢買下牠！」接著露露聽見有人喊道：「我願意出三百塊！」露露不願意把這隻漂亮的鸚鵡拱手相讓，於是她又喊了四百塊

——可是另外的一個聲音好像是和她作對似的，一直到露露叫到了三千塊錢的時候才停——

露露買到了這隻鸚鵡非常高興，可是她突然想到：我花了那麼多錢買到這隻鸚鵡，如果牠不會說話，我不就虧大了嗎？

於是她就去問老闆：「老闆，這隻鸚鵡會不會說話啊？」

接著她就聽到鸚鵡大聲的叫道：「不會說話？那你以為剛才是誰在和你競拍啊？」

貓哥哥

一個女人給一個獸醫打電話，讓他前來為她的貓做一次檢查。

「我不知道她到底是怎麼了，」這個女人對他說，「她看起來好像要生小貓似的，但這是不可能的事。除了我用繩子牽著她出去散步之外，她從未自己出去過。」

這位獸醫對這隻貓做了檢查之後說：「她毫無疑問是懷孕了。」

「但她確實沒有機會啊，」這個女人反駁說，「這是不可能的事」。

正在這時，一隻大雄貓從她家沙發底下鑽了出來。

「他沒有可能嗎？」這位獸醫指著那隻雄貓問。

「別傻了，」這位女人回答，「他是她哥哥！」

跳蚤

兩隻跳蚤在機場的休息室裡聊天。「你待在那裡實在是太冷了。」其中一隻說。

「是的，」另一隻說，「我坐在駕駛的鬍子上，當他往這裡開時我必須緊緊抓住才行。」

「記著，」第一隻說，「你應該像我一樣找一位女空服員，鑽到她的頭髮裡，那裡既舒服又暖和。」

第二週牠們又見面了。其中感覺到寒冷的那隻其情況並沒發生改觀。

「你為什麼不照我的建議去做，去找一位女空服員呢？」第一隻問牠。

「我是這樣做了，」另一隻回答，「可還沒等我明白怎麼回事，就又回到那個駕駛的鬍鬚上了。」

聰明的鸚鵡

一位魔術師在一艘小遊艇上工作，他在一、二年的時間裡每天晚上都在船上表演魔術，觀眾也非常欣賞他的表演節目，由於這些人流動性特別大，他完全沒有必要擔心自己慣用的魔術手法給人戳穿。但是，這艘遊船上卻有一隻鸚鵡，牠夜復一夜，年復一年地站在觀眾群裡觀察他。

最後，這隻鸚鵡識破了他騙人的把戲，並開始給觀眾洩密。比如，當魔術師把一束鮮花變沒了時，這隻鸚鵡就會大聲叫喊：「在他身後！在他身後！」

雖然這位魔術師對此極為惱火，但卻毫無辦法，因為這隻鸚鵡是船長飼養的，他不能殺掉牠，一天，這艘遊艇觸礁沉沒，魔術師竭力游到一塊漂浮的木頭旁並用力抓住它。這時，他發現那隻鸚鵡正好停落在這塊浮木的另一端。他們相互敵視，隨波漂流，一連飄流了七天七夜，誰也不曾說一句話。

第八天清晨，那隻鸚鵡看了看魔術師，終於嘆口氣說：「好吧，算我服了。你到底把船藏到哪兒去了？」

狗

一位六歲的小女孩每天放學後都要帶著家裡的狗去街上散步。

有一天，她家的狗發情了，於是她父親告訴她在今後的一週裡不要帶狗出去散步，因為牠這幾天會不舒服。

小女孩非常傷心，哭了整整一夜。第二天，女孩的父親想到一個方法，他把汽油塗在狗的屁股上，以掩蓋所發出的氣味。這樣，當小女孩回家後，她高興地看到自己又可以帶狗出去散步了。

一個小時後，小女孩自己回到家，父親問她狗到哪兒去了，小女孩回答：「當我們遛了幾條街後，牠就跟另外一條狗跑了。」

諮詢費☺

律師的狗掙脫鐵鍊跑出去後，在肉店裡叼著一大塊肉跑了。肉店的老闆認得是律師的狗，跑來對律師說：「律師先生，我想詢問您一下，如果一條狗跑到我的店裡偷了一塊肉，我有沒有權利向狗的主人討回錢來？」律師點頭說：「當然有這個權利」。

肉店老闆很開心，馬上對律師說：「那麼，律師先生，請您付給我二十英鎊，因為您的狗在我的店裡偷走了一大塊肉。」

律師點點頭，開給肉店老闆一張二十英鎊的支票。然而，第二天早上，肉店老闆打開信箱時，發現裡面有一封律師寄來的信。他拆開一看，裡面是一張律師諮詢費用的帳單，諮詢費為二十一英鎊！

河豚發威

河豚愛發怒。一次，有條河豚在橋下遊玩，沒留神一頭撞在了橋墩上，險些把頭撞癟。於是，牠瞪眼張腮大罵橋墩不長眼，竟撞到牠的頭上。別的魚紛紛勸解，河豚不但不聽，反倒要起威風來。牠把肚子脹得鼓鼓的，鰭刺豎得尖尖的，一動不動地挺在水面上，佯裝起死魚來。恰在這時，一隻魚鷹迅速飛過來，一口就把牠吞進肚子裡。

兩種類型的狗

狗剛被上帝造出來的時候，只有一條僵硬的尾巴，但過了很多世紀以後，人類需要狗為自己的生活而工作。於是人類對狗這條尾巴不滿意，又去懇求上帝賦予狗尾巴可以搖擺自如的功能。上帝同意了，狗就可用尾巴的搖擺表示牠的喜怒哀樂了。自此以後，地球上的狗就是現在這個樣子了。

聽到狗的故事以後，政治家——也是一種後來才造出的動物——也懇求上帝賦予他們一種搖擺自如的功能，但他們沒有尾巴。他們經過和造物主協商，上帝就把這個功能賦予給了他們的下巴。如今，只要是碰到對他們有利的、讓他們高興的事情，他們的下巴就能搖擺自如了。當然，這並不包括進餐時下巴的搖擺。

傻瓜

某人去動物園看猩猩，首先向猩猩敬禮，猩猩便模仿其敬禮，此人又向猩猩作揖，猩猩也模仿其作揖。此人大喜，又向猩猩扒眼皮，不料猩猩並未模仿，而是打了他一巴掌。此人生氣地質問飼養員，飼養員告訴他，在猩猩的語言裡，扒眼皮是罵對方傻瓜的意思，所以猩猩要打他。此人方大悟。次日，某人再去動物園以圖報復。他向猩猩敬禮，作揖，猩猩都跟著模仿，於是他拿出一根大棒子向自己頭上打了一下，然後把棒子交給猩猩。不料猩猩這次又沒有模仿，而是向其扒了扒眼皮！

鸚鵡老闆

一個人去買鸚鵡，看到一隻鸚鵡前標著：此鸚鵡會兩種語言，售價四百元。

另一隻鸚鵡前則標著：此鸚鵡會四種語言，售價八百元。

這人回頭又發現一隻老邁的鸚鵡，毛色暗淡散亂，標價一千元。

這人趕緊將老闆叫來：「這隻鸚鵡會不會說八種語言？」

老闆說：「不。」

這人奇怪了：「那為什麼這樣又老又醜，又沒能力的鸚鵡，會值這個價呢？」

店主回答：「因為另外兩隻鸚鵡都叫這隻鸚鵡老闆。」

敗家子和小燕子

有個青年人是個敗家子，把祖業都揮霍光了，只剩下了一件禦寒的外衣。冬天，他偶然看見一隻小燕子，沿著池塘在飛，嘰嘰喳喳叫得甚歡。敗家子以為夏天來了，就把他身上僅剩的外衣賣掉。沒過多久，天氣又冷起來，敗家子看見那隻倒楣的小燕子凍死在地上，就說：「你這不幸的燕子啊！你做錯了事啦！沒到春天你就出來，不僅把自己害死了，而且也把我給整慘了。」

墮落者

兩匹馬老是咀嚼著奴役的痛苦種子，牠們的食物裡總是摻和了這些東西。牠們嘴裡套著馬銜，身上緊勒著皮帶，整天拖著四輪大車，吱吱作響，不知疲倦。

一天，牠們突然看到一匹斑馬，在大草原上自由自在地生活，身上卻沒套一根韁繩，也不住什麼狹窄的馬廄。其中一匹馬驚叫道：「這真是時代的奇蹟！」

另一匹馬打斷牠：「非也，這個罕見的傢伙，是馬的親兄弟，因為犯錯正在服刑。牠背棄了馬的道德，法律對牠斥責不已。你看，牠的四肢安上了沉重的足蹄，身上的一道道斑紋，表示牠正在『服刑期』。牠受罰，只因為犯下了彌天大罪。」

前一匹馬絞盡腦汁，突然想明白了：「或許牠拐帶了一個少女。」

解毒劑

一隻幼小的駝鳥痛苦得直呻吟，雙翅緊緊捂著肚子。牠走到媽媽身邊，緊緊貼在牠身上。

「你吃了什麼有毒的東西啦？」駝鳥媽媽十分焦急地問道。

「就吞了一桶小鐵釘。」小駝鳥有氣無力地回答說。

「什麼！」媽媽大吃一驚，大聲嚷道，「一整桶鐵釘。就憑這小小的年紀！」

「為什麼呀？我的孩子。你這樣會害死自己的。快，我的孩子，再去吞一個拔釘錘子。」

獅子與老牛

獅子想把一頭老牛騙到一個安全的地方吃掉，於是就對老牛說：「我的朋友，我剛逮著了一隻肥羊，和我一起去享用那美味的羊肉，怎麼樣？」

「謝謝您的美意！」老牛回答說，「等您吃完了以後，能不能順便帶點青草給我吃呢？」

兔子和烏龜☺

兔子取笑烏龜跑得太慢，烏龜一怒之下，決定和兔子來比賽。看誰跑得快。牠們請狐狸在終點當裁判。牠們開始賽跑了。兔子用牠最快的速度跑，烏龜卻若無其事地慢慢爬。過了一會兒，烏龜看見兔子在路邊睡大覺，覺得機會來了，就拚命地往終點跑。當烏龜精疲力盡地跑到終點時，他想，裁判一定會判他贏得了這場比賽。

「你輸了。」狐狸對烏龜說：「兔子很早就到了，牠是跑回去等你了。」

不說髒話的鸚鵡

一位牧師想要買一隻鸚鵡，就問店主敢不敢保證，鸚鵡不說髒話。

「啊，當然啦，牠可是一隻信教的鸚鵡呢！」店主拍著胸脯保證，「你看到牠腿上的繩子了吧？拉一拉右邊的繩子，牠就會背誦真主的祈禱，再拉一拉左邊的繩子呢，牠就會唱優美的讚美詩。」

「那可真是太好啦，」牧師忙打開錢包，「假如我兩條繩子一起拉，那又會怎麼樣？」

「會怎麼樣？我他媽的就會從這條該死的繩子上掉下來啦！你這頭蠢驢！」鸚鵡尖叫著。

一定要看

有個傢伙在結婚的那天對他的鸚鵡說：「聽著，我知道你總是待在該死的窗口。婚禮後我和老婆來收拾行李時，不管你聽到什麼，都不能回頭看，否則，我就擰斷你該死的脖子。我們總得有點隱私，對吧？」鸚鵡勉強地點點頭。

婚禮後，夫婦回來開始收拾行李，但有一個皮箱總也關不上。丈夫說：「你趴到上面去壓一壓。」

妻子於是爬上衣箱，但衣箱還是闔不上。「你也爬上來吧，肯定能行的。」妻子說。

這時，鸚鵡馬上轉過身來，大聲叫道：「擰脖子就擰脖子好了，我一定要看看。」

金絲雀與貓

一個暖洋洋的下午，一個人來到後花園裡，看到他的鄰居在花園裡挖土坑，於是便好奇地問他挖坑做什麼。

「哦，我可憐的金絲雀死了，我要埋葬牠。」鄰居很傷心地說。

「太可惜了啊，」他也同情地說，「不過是埋一隻金絲雀，這個坑也太大了些吧！」

「一點也不大，」鄰居沒好氣地說，「牠正躺在你那該死的貓的肚子裡呢！」

尾巴

一隻猴子在樹上大笑不止。

路人問：「猴子你在笑什麼？」

猴子：「瞧，他的尾巴長反了！」——指著樹下正在洗澡的男人說。

遲鈍的豬

某天，幾個動物要過河，但是僅有一條船，於是牠們商定每個動物必須講一個笑話，有一個動物沒笑就把講笑話的這個動物扔進河裡。於是，猴子開始第一個講，等牠講完後，所有的動物都笑了，只有豬沒有笑，牠們只好把猴子扔進河裡；第二個講笑話的是兔子，牠講完後，所有的動物都笑了，還只有豬沒有笑，牠們只好把兔子扔進河裡；第三個講笑話的是烏龜，等牠講完後，所有的動物都沒有笑，只有豬大笑。其他的動物感到非常奇怪，就問牠笑什麼，豬回答說：「猴子的笑話好好笑哦！」

八哥

大呆入境某國時，帶了一隻八哥，海關人員叫他站住，說：「先生！你這隻八哥也得付稅金。」

「應該付多少啊？」

「活的二十英鎊，如果是標本就只要四英鎊！」

此時聽見那隻八哥嘶啞的叫著：「大呆！千萬別吝嗇啊！」

祈禱

一位貴婦人養了一隻母鸚鵡，但這隻鸚鵡只會說：「來呀！要不要快活一下呀……」這位貴婦人覺得這隻鸚鵡的行為實在低劣。

一天，這位貴婦人發現對面教堂裡的神父養了一隻公鸚鵡，而且他的那隻鸚鵡總是很乖地站在籠子裡祈禱，於是她便前去請教神父，「你的那隻鸚鵡養多長時間了？牠為什麼那麼乖呢？能麻煩你幫我調教一下我家的那隻鸚鵡嗎？」

神父回答說：「我已經養牠兩年了，牠一直都很聽話。你的鸚鵡怎麼啦？」於是貴婦人便把家裡那隻鸚鵡說髒話的情況講給神父聽。神父聽後答應：「好了，把你家的鸚鵡拿來我替你養，我保證牠會像我的鸚鵡一樣，乖乖地待在籠子裡祈禱。」

第二天，貴婦人把自己的鸚鵡拿到神父那兒，神父便把這隻母鸚鵡與自己那隻公鸚鵡關在同一個籠子裡，希望能透過此種方法對說髒話的鸚鵡進行教化。但那隻母鸚鵡一瞧見公鸚鵡便叫道：「來呀！要不要爽一下呀……」

此時，那隻正在禱告的公鸚鵡則眼睛一亮，說道：「上帝啊，我祈禱兩年的心願終於實現啦……」

母雞與小雞☺

一隻母雞正在舒服的孵著蛋。

突然，一顆蛋從牠的屁股底下硬是鑽了出來。

母雞：「怎麼回事？你怎麼跑出來了？」

小雞蛋：「你…你…你放屁！」

母雞：愕然……

不入虎穴，焉得虎子

森林中住著兩隻大老虎，牠們是夫妻。母老虎一直想要懷上一隻小老虎……但每次都是因為make love的疼痛，使得這個心願始終無法實現……。直到有一天。公老虎對牠附耳低聲說了一句話……母老虎就顧不得疼痛和公老虎來了一個全壘打。原來公老虎對牠說了一句諺語：不入虎穴，焉得虎子……。

無所謂

有一天……

狗熊和企鵝在海邊撿大便……

狗熊問企鵝：「毛沾到大便無所謂嗎？」

企鵝回答：「無所謂啊！」

於是狗熊就用企鵝擦屁股。

我是毛驢

街上一大群人在買「彩券」，當場開獎，凡是裡面印有動物圖案的即為中獎者，圖案上面的動物的體型越大，獎品越大，獎品越貴重。

某人小心拆開一張後，見中了一等獎，情不自禁地大聲叫道：「我是毛驢！我是毛驢！」

旁邊一人屢摸不中，氣急敗壞地說：「喊什麼？只要是畜牲，就有獎！」

後記　搭乘笑話快車化解生活壓力

生命是嚴肅的，死亡是嚴肅的，疾病也是嚴肅的。報刊雜誌和電視報導不斷提醒我們每樣事物的嚴肅性，政府和我們的官員也經常告知我們事情的嚴重性，我們因而變得恐懼、憂慮、灰心與憤怒。我們的身體則在傾聽著這種情緒性的預報。漸漸地，有時則是突然地，我們體內的細胞會改變行為方式，開始傳遞資訊並警告我們做出相應的調整，以便保護我們自己。如果我們仍持續被迫改變與習慣負面情緒，就有可能發病。而笑聲和幽默則提供了可以保護我們身體健康的寬慰劑。

無論你是否正在尋求理解快樂的形式與功能、笑聲具有治療潛力的科學證據，抑或為自己的家庭與任職機構建立一套治療快樂計畫的指引，本書都可以為你提供許多意見與解答。所以，請你放鬆心情，咯咯大笑，用積極的心態，準備進行快樂精神的治療吧！

自古以來，笑聲始終被宣稱為「最有效的藥物」。從心理學、精神學、人類學、文學，以及目前的科學與醫學雜誌中，我們都可以發現，「一顆快樂的心靈可以如一劑良藥般發揮作用。」

諾曼・卡辛斯在他的著作《一種疾病的解析》裡，描述了他如何地利用笑聲幫助自己從一項嚴重的疾病中獲得康復。卡辛斯鼓勵科學界仔細觀察笑聲對我們身體的影響。某些最有趣的研究結果來自精神神經免疫學（PNI）領域。PNI針對大腦與免疫系統之間的關聯進行研究調查，並試圖解開一個難解之謎，「我們的思想和情緒是否會在我們身體內部製造變化？」在過去十年裡，有關心靈與身體系統的研究報告大量發現。事實證明笑聲可以激發我們身體內部產生良性變化是有相當的科學證據。

因此，笑聲毫無疑問地有益於我們。但它究竟對我們有益到什麼程度呢？而且，它又是怎樣地有益於我們呢？一場縱聲大笑的感覺棒透了！酷極了！在那種歡樂的神奇時刻裡，我們會感覺心情非常輕鬆，充滿希望、坦率與諒解。我們不再覺得焦慮、煩惱、憎恨、沮喪、抑或孤獨。

那麼，在現實生活中，你是否正遭受致命性的疾病打擊？你是否自認絕對無法培養出從自己的處境中發覺快樂的技巧？千萬別絕望！你仍然可以藉由其他的笑話大師帶給你「喜劇性的眼光」，體會到歡笑的樂趣。如果你想要培養自己的笑話技巧，就不應拖延觀望，如果你知道自己的方向以及發現它的方法，你必定可以在各種書籍、電影、錄影帶節目、漫畫，甚至電腦網路上找到豐富的喜劇來源。在本書中，我們將介紹不同笑話類型的例子。然而，如各人對食物口味的偏愛因人而異，你對笑話的品味也會有所不同，你必須經過嘗試體驗之後，才能決定什麼東西最能觸發你的快樂感。我們也提供有數百種資料來源，可供你獲取用來培養個人笑話技巧的快樂補給品。

同時，笑聲也是一種優美的旋律，一場發自內心的精彩演奏會，一種天使的搔癢，是充滿創造性與活力的優美藝術。笑聲可以治療及

安撫，有時輕柔，有時劇烈。笑聲是一種表演於心靈的、無拘無束的快樂舞蹈。

笑聲是一種複雜的現象，也是一種基本的人性。從古到今，人類學家從未發現一個缺乏笑聲的文化或社會。我們人類在生命最初的幾日內，便會開始露出微笑，發出笑聲。即使是動物，也會在牠們成長的過程中，表現出嬉戲的滑稽的動作。除非我們的身體、心智受到嚴重損害，否則我們將不斷發出歡快的笑聲，直到生命盡頭為止。

在臨終的病榻上，笑話大師奧斯卡•王爾德環顧著他的臥室並告訴榻前友人說：「這房間的壁紙讓人看了真不舒服，我們其中的人等不及要走了！」

因為，快樂感不僅是一種生活觀點，一種理解世界的方式——更是表達出那種觀點的一種行為。為了親身體驗笑聲所帶來的快樂，我們必須與他人分享笑聲。如果我們希望提升自己的快樂感，就必須學會時刻留意荒謬的言行。

如果觀看兒童玩遊戲，你將看見他們利用自己的一點想像力，創造出可以滿足他們需求的一個事實。如果我們允許自己變成孩童，而且將一個場面曲解或渲染至最高的荒謬極限，我們便可以製造出一個縱情歡笑的機會。

佩蒂・伍頓的《互動笑話》中有這樣一個有趣的故事：大約二十年前，一位任職於一家小型社區醫院的年輕醫師在一家大型的研究醫學中心從事高級專科住院實習後，轉任本院醫師。他所指示的許多怪異的血液化驗均鮮為人知，通常只能在大型的醫學中心進行化驗。這些化驗的安排聯繫事宜，讓他們院內的化驗員承受莫大的壓力，因為這些血液必須靠快遞員運送至三藩市。化驗室的職員因此經常向護士們訴苦。

一天傍晚，護士們決定為化驗師們帶來一些「娛樂性的消遣」。護士們跑進化驗室宣布

說，史塔克醫師剛剛又批示了另一道化驗項目。化驗師哼哼地問道這次又輪到哪種罕見的化驗。護士們煞有其事地告訴他們，這是一種「糞便速度」的測驗，期望他們因而領會到這只是一個玩笑。未料事與願違，他們竟然真的相信護士們，並且抱怨說他們從未試過這種測驗程序。護士們故作鎮靜地向他們保證說，護士們已經先查閱過化驗程序手冊，書上寫明由一位化驗師拿一個抽樣杯到室外，另一位化驗師則負責將病人的臀部推出二樓窗外，他們必須測驗糞便掉入杯內必須花費多長時間。結果，在接下來的數個月裡，化驗師仍會哈哈笑著問護士們是否有任何「糞便速度」的測驗指示。

這個故事顯示出，我們的快樂感如何幫助我們從緊張、挫折及悲傷的處境中，辨識出荒謬的行為舉止。快樂感允許我們以笑聲解放心中的壓力。

但笑聲與壓力究竟有什麼樣的關係呢？許多研究表明，看護者比非看護者更容易體驗到沮喪、焦慮，以及身體疾病。研究同時指出，

看護罹患阿茲海默氏症配偶的人，會體驗到自己免疫功能的下降，也更容易受傳染病感染。

俄亥俄大學的心理學者珍妮斯・克寇德・格雷瑟博士及免疫學研究家雷諾・格雷瑟博士兩人，曾經針對看護罹患阿茲海默症配偶平均達五年的六十九人進行調查。他們從同一社區內找出年齡、性別與收入相當的一組對象，與這群長期看護者互作免疫功能的比較。這些看護者們在三個不同的免疫標準中呈現下跌：他們擁有的全部T（淋巴）細胞、助益性T細胞的比例較低，而比例愈低的看護者，不論男性或女性，其天然殺傷細胞（NK）的比例也愈低。這是壞消息。而好消息則是，參與某種支援社區的看護者們，會明顯地感覺較不孤獨，而且和未參與支援社團的看護者們相比，也明顯地擁有較高比例的NK細胞。

由此，我們不難得出這樣的結論：笑聲可以有力地釋放人體的壓力。正因為如此，我們就應學會快樂從微笑開始。

微笑，是一位孩童首先學會的一種表達方式，而熱切的父母們，通常在一個孩子誕生後六週內即可獲得報答。微笑可以贏得注意，吸引相互作用，表達理解。一個嬰兒的微笑具有一種磁性吸引力，可以立即引起我們的注意。你不妨看看一對夫妻在嬰兒露出微笑時的反應——他們會發出奇怪的聲音，歪扭臉孔作出滑稽的表情，使自己看起來像小丑一般，只為了看到嬰兒再露出一次微笑。

歡笑可以牽動全身筋肉，首先，是嘴角稍稍上揚，眼角肌肉緊縮，眼中綻放出光彩，然後，你會開始發出聲音，從抑制性的竊笑聲、忍俊不禁的咯咯笑聲、不由自主的笑聲，及至哄然大笑聲、喧鬧的尖笑聲、荒謬的笑聲。你的胸肌和腹肌則開始作用。而隨著聲音愈來愈大，你會開始前後搖晃身體，有時拍拍你的膝蓋、在地上跺跺

腳；或用肘推推身旁他人。當笑聲達到巔峰時，眼淚會自然而然地奔流而出。這一切反應會持續到你感到全身疲憊、力氣耗盡，必須坐下或躺下。

當然，不是每個人都能在他們每次被逗樂時，發出如此強烈的笑聲。如果我們擔心別人將如何看待這種行為；擔心應時時保持一種威嚴的形象；覺得別人或許會因我們粗魯的笑聲而被觸怒；抑或我們的文化嚴禁這種行為，我們可能得辛苦地克制自我。銀行家和殯儀館老闆通常不會在工作時發出這種粗俗的笑聲。在一場教會儀式或醫院內的危急關頭，我們會約束或克制自己的笑聲。亞洲及中東文化影響下的女性，通常被期待在公開場合中節制這種粗俗、放縱的笑聲。然而，當你心情開朗、感覺情緒高漲時，儘管放下架子，跺跺你的腳、拍拍你的腿，盡情地開懷大笑一場吧！

儘管笑聲會使人的外表顯得怪異而荒誕，但它卻可以提供重要的心理建設。它的作用正如一個內在的安全閥門，允許我們紓解壓力，

驅走焦慮，放鬆心情。每一個人的內心深處都擁有一顆會大笑的心！這就要看你個人如何去啟迪你內心的這顆笑心，如果你是一位善於自得其樂的人，那麼你就會發現微笑的力量是無窮無盡的。

多數人都知道情緒會帶動身體發生反應。當我們驚恐害怕時，會心跳加速，手掌出汗且肌肉緊繃，特定的臉部表情也會伴隨情緒起伏出現。你是否曾納悶遵循那首老歌的忠告，單純地「露出一張笑臉」，是否有任何益處呢？

> 無論你心裡有多少牢騷，
> 你都會發現微笑可以或多或少地減輕煩惱。
> 微笑頂著一個花冠，拱繞著前排牙齒，
> 因此得以使臉龐避免陷入僵化。
>
> ——安東尼・優爾博士

根據加州大學心理學者保羅・艾克曼和羅勃・列文森的說法，這項忠告確實有益！他們發現臉部表情不受文化藩籬限制，且與情緒狀態擁有神經病理學上的關聯。他們的研究表明，臉部表情不僅會對情緒狀態出現反應，也會喚起情緒反應。在他們的研究裡，參試對象並未被告知他們應該表現出來的情緒狀態，只是聽從指示移動特定的肌肉群：將眉毛皺在一起，並且噘起下唇，作出不分文化背景均相通的臉部表情。

與此同時，研究人員則測量參試對象的心跳速度、手指溫度以及肌肉活動。參試者隨後要說明他們在做出每種臉部表情時所體驗到的感覺與知覺。研究結果顯示，每一種情緒狀態均與特定的心理變化有關，而且這些變化全部可以經由臉部表情獲得激發。參試者們報告的感覺也確實與他們的臉部表情相符。或許有一天，病人們會被安排接受微笑療法！

事實就是如此，如果病人們會利用笑話來溝通某種憂慮，那麼，他們歡笑的語言就可以用一種親密和諧的方式聯結在一起。

一位醫生曾為一位病人作準備，以便進入手術房接受睾丸切除手

術。病人顯然十分緊張，而且眼中流露出恐懼感。當醫生為病人作好準備時，心中納悶病人是否曾被告知有關這項手術的任何消息。然而當病人以一句玩笑來表達出他的恐懼根由時，醫生的疑惑也隨之獲得解答，「我想在歷經這場手術之後，會從一隻公雞變成一隻母雞！」一病人或許是過於尷尬以致無法直接表達他的憂慮，然而它們在病人的笑話中卻表露無遺。醫生因此得以辨別出病人的恐懼並提供相關資訊，讓病人明白這項手術可能產生的結果與對他生活的影響。病人的小小一句玩笑話，為醫生開啟了與病人溝通及提供某些解除壓力方法的管道。

有這樣一個故事，一位罹患肺炎、關節炎以及晚期慢性腦部退化症的老太太，每當被人碰觸到時，這位老太太便會出現尖叫的劇烈反應，因此在為她更換被單時，護士便會唱一首歌來減輕這位老太太因情緒異常激動而產生的壓力。這首歌的節拍完美和諧地控制了這位老太太的尖叫聲之時，也填補了每一個深呼吸時的沉默片段。

搖、搖、搖你的船，
輕輕地順流而下。
小傻瓜，小傻瓜。
我是一艘潛水艇！

這位老太太因而停止尖叫，並對這首歌露出微笑的反應，傾聽著下一句歌詞。由於這種憐憫性的微笑，這位老太太和護士之間也終於建立起一份關懷的情誼。

正因為如此，我們要善於利用笑聲來幫助我們放鬆對某一情況的局限觀點。我們將超脫於自己的問題之外，獲得與眾不同的觀點。當我們發出笑聲時，我們會放棄令人不舒服的、不健康的情緒。一個愉快笑聲的淨化作用，可以滌淨我們的憤怒、焦慮與仇恨。

疾病會使我們強烈地感到焦慮與憤怒，然而一道適度劑量的笑話良藥，可以幫助我們應付那些情緒。艾瑪•班貝克曾經花費一個夏季參與一個癌症兒童營，並且撰寫了一本有趣且貼切的著作，描述兒童們如何運用他們的快樂感來應付自己的疾病、脫髮以及化學治療。她寫道：「當某人問及他們的頭髮是怎麼回事時，孩子們的回答變得相當具有創造性。」以下是一些他們令人捧腹大笑的答覆：

我是因為洗髮精跑進眼睛裡才生病的。

狂風把它刮走了。

我爸爸是柯傑克警探（光頭警探）。

我剛加入海軍。

艾瑪也加入一些她個人的幽默：

我把它賣掉了。

壞基因。我媽咪也禿髮。

你一定猜不到，我剛把我的理髮師炒魷魚。

我用它來交換這個身體。

快樂計畫均包括有數項特色：幽默室、滑稽推車、幽默籃、笑聲圖書館，以及小丑訪問。

多年來，我們已經目睹過無數令人驚訝的事例，就外表看來，這些事例中的病人們憑藉著笑聲尋回健康，抑或至少利用他們的笑聲，作為面對自己疾病的一種正面與適應的反應。

這是因為笑聲對人體的疾病具有一定的特殊療效。

笑聲可以作為一種保護膜。就像一件防彈衣，它可以幫助你防禦在生病時攻擊你的負面情感。

——諾曼・卡辛斯

你是否曾聽到別人批評說，「他讓自己積憂成疾」，或者「她因絕望而死去」，抑或更熟悉的「笑聲是最佳的藥物」。這些得到普遍使用的表達方法，反映出思考和情感會影響我們身心健康的看法。深入精神肉體關聯性的現代科學研究，可以證實這些看法的可信度。在

此，我們將探討精神（思想與感覺）與肉體（健康與疾病）之間的溝通構造。我們將檢查身體如何回應過度的壓力，以及笑聲為什麼是理想的解毒劑！

擁有一份崇尚科學的精神，並且喜歡閱讀研究報告，觀察圖表、圖像以及具有相關的統計性的資料，它們可以讓你興奮無比（真心話！）有些人認為科學敍述無聊到極點，但卻對一般性的觀念和研究發現極感興趣。在此，我們將先為您介紹某些笑話研究先驅，然後再回顧近幾十年來已獲發表的笑話研究。

笑話是醫療探索上一個相當新且複雜的領域。正式的笑話研究，自一九六〇年代起始受到重視。笑話研究的大多數「先驅」們至今仍健在，並且活躍於今天的研究領域。加州大學富勒頓分校護理學院的榮譽退休教授兼護士維拉・羅賓森，曾以幽默對保健專業的重要性為題，完成她的博士論文。她曾撰寫有關護理笑話最初的教科書之一《笑話與保健專業》。史丹福大學的榮譽退休教授兼精神病學家威

廉・富萊，是率先探討笑話作為家庭治療溝通工具重要性的研究人員之一。他後來繼續致力於測量笑聲對心血管與呼吸系統作用的心理的研究。

《週六評論》（*Saturday Review*）的撰稿人兼編輯諾曼・卡辛斯，曾經利用笑聲幫助自己從一種變性膠原疾病中獲得康復。在他的著作《一種疾病解析》中，對笑聲與健康利益之間的探討，受到醫學界與一般大眾的廣大注意。卡辛斯鼓勵人們仔細觀察笑話的治療力量，並在他的第二本著作中提出某些早期的研究報告。這本著作的名稱叫《從頭部開始——希望的生物學》。

其他的研究先驅們還包括心理學家赫伯特・列夫克特和羅德・馬丁，他們致力研究笑話減緩壓力情緒反應的能力。他們意義不凡的著作《笑話和生活壓力：扭轉逆境的良方》出版於一九八六年，同時被視為笑話研究領域裡的一本標準參考書。俄亥俄州大學的免疫學家雷諾・格雷瑟和心理學家珍妮斯・克寇德・格雷瑟，曾經聯手研究壓力對免疫系統的影響。他們發表過許多論文，討論他們針對愛滋病患者、配偶看護者、面臨考試壓力的學生，以及其他面臨困境的人們進行研究的結果。來自羅馬林達大學醫學中心的免疫學研究員李・伯克和史坦利・鄧，曾提出笑聲對免疫系統影響情形的最新研究報告。

縱觀笑話研究先驅們的發現，研究客觀地表明：笑聲究竟來自何處，它對人體的作用究竟有多重要。下面我們再具體探討笑聲的泉源及其與眼淚的密切關係。

快樂感的基本原理，是一種開玩笑的情緒。我們可以借由裝傻、自娛達到開玩笑的效果。英文中的silly（傻瓜）一詞源自於兩個古老的歐洲單詞seely和saelig，兩者均意味著快樂、喜悅和帶來愉快之意。大象的笑話，就是一種口頭裝瘋賣傻的表現形式，最能展現出純粹的荒謬之效果。比方說：

問：一頭大象應該如何掩藏自己呢？

答：牠會把腳趾甲塗成豔紅色，然後爬上一顆櫻桃小樹上藏起來。

懂得裝傻的人們都十分天真率直，而且能從自己周圍的每一個事物中覓得樂趣。

派屈克・亞當斯博士在費城舉行的國際丑角會議上形容自己為「一個傻蛋」和「一位瘋狂的醫師」。我們當時正出席一項表揚對社區有貢獻的丑角午宴。席上無人「繪臉」（穿丑角戲服），而且會場氣氛屬於那種節制性的慶祝類型。就在用餐途中某時刻，我們望著對桌的派屈克，並且忍俊不禁地哈哈大笑。他將覆蓋小奶油塊的許多小紙塊取下並且用來裝飾自己的臉孔！裝傻的行為有時比「預備的」笑話更具震撼性，因為它是自然率直而且隨意不拘的。裝傻有可能使那些對意外場面不自在或束手無策的人們感到懊惱或厭惡，但是裝傻具有極強的傳染力！幫助你周圍的人們對笑聲感到自在舒適吧！

但事實上，裝傻就要求成人具有兒童的純真與嬉戲的精神。正如柯希・吉布蘭說過：遠離不懂哭泣的智慧、不懂歡笑的哲學，以及不懂在兒童面前讓步的大人物。

許多修身養性之道均會談及擁有孩童般純真的重要性，亦即以一種驚嘆與好奇的態度去迎接每一個新際遇的能力。在禪宗的佛教教義上，這種能力被稱為「赤子之心」，亦即以幼童新鮮、直覺、充滿驚喜與好奇的眼光觀看事物的能力。當信徒們詢問耶穌如何才能確保自己獲准進入天堂時，他建議道：「我可以忠實地告訴你們，除非你們變得像兒童般純真，否則永遠也進不了天堂國界。只要願意謙虛恭順如孩童者，必定受天堂王國歡迎。」

在八世紀的中國，笑面佛彌勒，則是精神習俗上的一位典範人物。這位令人愉快、腹部圓胖的和尚，被認為是模擬一位實際存在且四處流浪的中國和尚塑造而成的。從這個時代起的繪畫，顯示出彌勒在大街上愉快地與兒童們共舞的場面。寬闊的臉上帶著傻乎乎的笑容，肩上扛著一個裝有全部家當的麻布袋，彌勒佛看起來就像一位長得特大的頑童。他拒絕待在與世隔絕的寺廟裡，遵守嚴格的修行紀律。與之相反，彌勒的宗教實踐，是由與村童嬉戲組成的。彌勒所傳遞的資訊是，你可以同時擁有知識與縱情歡笑，他是一個酷愛嬉戲、心寬體胖的男子，有時會喝點酒。而且寧願整天與孩童們玩捉迷藏，也不願待在一個令人窒息的寺廟裡，與一大群老和尚談經論佛。他相信兒童們擁有和尚不知道的知識，只要我們保持喜愛嬉戲的純真，必定可以時時處處感受到神的存在。

喜愛嬉戲並非表現得淺薄輕浮、草率敷衍，抑或不顧後果的盲目行動。相反地，當我們和他人嬉戲時，我們視彼此為自由坦率的人們，而且雙方都願意接納驚奇；發生的每樣事物均有前後關係，因為嚴肅性是一種對不確定事物的畏懼。保持嚴肅是堅持某種特定結論。嬉戲玩耍則是為無限的可能性保留餘地。

兒童在回應令人快樂的驚奇事物時，就可以體驗到笑聲。那是一個溫暖和煦的日子，一位家長將他十個月大的兒子的遊戲床放在公寓外的草坪上。當這位家長上樓向一位鄰居借用東西時，他的兒子正在快樂地耍弄著他的玩具。這位家長從陽台上往下觀賞他兒子玩耍的調皮樣子，就和鄰居折了一架紙飛機向他投射過去。當這架玩具飛機一路往下飄落時，這位家長的兒子起初出神地觀望著，隨後他咯咯地大笑，最後終於爆發出又響又亮的笑聲。他們立即被他兒子的快樂所感染，於是就開始投射更多的紙飛機，只為聽見他發出笑聲，他的笑聲如同一股清泉般奔湧不息，而且滋潤了他們因成人生活與責任的嚴肅性和莊嚴而乾涸的心靈。

兒童純真的笑聲充滿活力與激情，而且摻雜著無窮的樂趣。一個兒童因笑話會享受生活，因生活而感到驚奇與快樂。兒童喜歡嬉鬧，舉止天真，而且無拘無束地縱情遊玩。他們沒有規則、計畫或目標。他們純粹只是為了嬉戲而享受嬉戲。在這種時刻裡，他們會對現狀屈

服，接納下一刻可能帶來的任何驚喜。

正因為笑話有如此力量，才最終導致歡笑與哭泣常常同時發生。這兩者都具有陶冶作用，可以淨化受到緊張情緒壓迫的身體。當人們發現自己處於容忍極限時，它們便會適時地提供宣洩的機會。

一位醫生在擔任晚期病症患者收容所醫師期間，曾經在瑪莉的家庭痛失至親後前往拜訪。瑪莉與這位醫生分享了一段不尋常的人生經驗。「你知道，自從我丈夫去世後，我不知流了多少眼淚，然而積壓在內心最深處的淚水，卻始終被壓抑在裡面。無論我怎麼做，都無法將它發洩出來。直到葬禮結束三週後，一對夫婦前來探視我。我們四人以往均會利用夏季偕子女共同去露營。我們開始回憶起曾經發生過的某些趣事。其中一個特別滑稽的故事使我的情緒大受刺激，不由得開始縱聲大笑。我笑得身體前後晃動，聲音愈來愈響亮，甚至開始流眼淚。逐漸地，在我察覺之前，笑聲早已變成哭聲。這種哭聲接著轉變成嗚咽，終於，我內心的許多壓抑，像決了堤的洪水，奔湧而出。

那確實是一種真正的解脫。」

最後，我們教你如何發覺和創造笑話，其具體實施步驟如下：

1．誇大或渲染問題

讓情況變得比事實更誇張、更形象，可以幫助我們恢復快樂觀點。卡通的諷刺畫、粗俗滑稽劇以及丑角的滑稽動作，全都以誇張諷刺為基礎。

布萊恩・默尼克是一位醫師兼漫畫家，而且創造出一系列以保健為主題的日曆及卡片產品，命名為「在你的臉卡中」。在最受人們喜歡的一張卡片上，描繪著一個手術房內的外科醫師正手握一條導管，導管一端塞著一位病人，但卻只有兩臂、兩腿和頭部，她的整個中間軀幹不見了。然而導管的另一端則伸入一個裝有病人軀幹的玻璃瓶。它的說明文字寫道：「當瓊斯醫師進行吸力式脂肪去除術時，突然出現一股衝擊性的吸引力。」

2．觀察極具諷刺意味的事

諷刺，是事物應呈現的景象和現狀之間的巨大差異。諷刺可以幫助我們認識存在我們社會中的荒謬。如果你想認出小小的「諷刺」，可以反問你自己：「事情為何會——」抑或「你是否曾納悶為何……」

喜劇演員戈列格，在他著名的固定節目「自動運送」中，當著全體觀眾的面擊碎新鮮、多汁的水果，要求觀眾思考一個諷刺性的事物：「為什麼當你開空頭支票時，銀行要求你支付的費用，必定高出他們早已知道你不足的數額

呢？」

3．辨別出一個困難處境的荒謬處與不協調處

在凱薩琳．漢默的著作《我們今天心情如何？》中，她建議我們用一些極具荒謬的方式，來加強自己的接受能力：

躺在前院草坪上，身上披飾著紙巾，鼻孔朝上插著吸管，要求人們走過你身邊時捅你一下。

在練習微笑時，將你的手伸入汙物碾碎器中並笑著重複說：「只是有點使人不舒服。」

將一切可食用的東西移至屋外。

學習將尿撒入一條空的口紅管子裡。

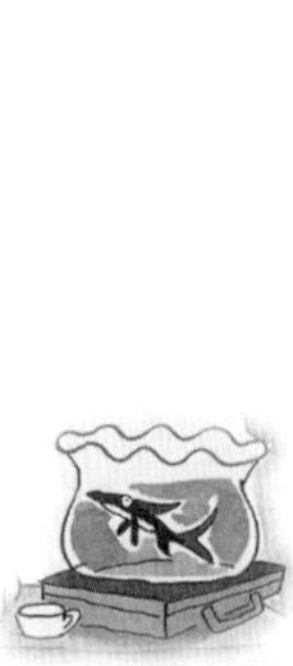

4・怎麼玩文字遊戲

創造雙關詼諧和「首音互換」語（例如英語 tons of soil 變成 sons of toil；a blushing crow 變成 a crushing blow 豬與朱）。唐・霍普頓在他的著作《刻毒及不尋常的雙關語》中，曾列舉出一系列怪異的例子：

印在一部運送尿布的卡車上的標語：「輕輕搖晃一個乾爽的小寶貝。」

卡祖笛奏者最愛的歌曲：「望你能仁慈地輕輕哼唱。」

克雷由拉彩色粉筆的商業廣告：「絕對足以供你全家人塗鴉。」

一位專辦離婚手續的律師牆上貼著：「保證滿意，否則退還你的親愛的。」

5．如何欣賞意外驚喜

一個玩笑令人驚奇的結尾，可以引發大笑聲。它可以讓我們的「思考列車」出軌。如果你喜歡保持矜持，期待一切可以想像的結果，那麼你恐怕不會喜歡意外驚喜。一個玩笑的樂趣，必須依賴它的「驚喜」要素。學習欣賞意外驚喜，你定能更加笑口常開永葆青春！

你必須了解，當一切進展順利、事事美好時，你將失去喜劇要素。唯有當某人踩到新娘禮服的裙尾，或是在儀式中打嗝，你才能獲得喜劇來源！

快樂感可以幫助你忽略乏味，寬恕不悅，應付意外，並以微笑承受難以容忍的狀況。

附：全球笑話俱樂部網站

1. http://www.callamer.com/itc/aath（美國笑療俱樂部）
2. http://www.inyourface.com（笑話臉譜俱樂部）
3. http://www.mother.com/JestHome／（笑話與健康俱樂部）
4. http://www.jocularity.com（護理趣聞俱樂部）
5. http://www.misty.com/laughweb／（歡笑俱樂部）

後記

生活是一面鏡子，你對它笑，它就對你笑。這是因為笑話畢竟是生活中不可缺少的一種要素和方式。我認為，真正的經典笑話是一種高品味、高素質的人生累積所折射出的人類精華。

然而，現實社會，人們忙於工作，難得有開心一笑的心情。鑑於此，促使我用心去編撰此書。我熱切地期望，本書能讓我們重新享受到生命的快樂，幫助我們找回那早已失去的人生笑語。

本書的笑話、漫畫均選自國內外的另類經典作品。在此特別感謝國外的幾個笑話俱樂部的大力支持，他們提供了大量的資料。同時也感謝國內幾個幽默俱樂部大力的協作。最終才使得編選本書的過程得以順暢地進行。但畢竟是首次在國內推出此類作品，由於視野所限，收入本書的作品有些也未必是最出色的，但這些作品的確深深地打動了我們。

凡是能聯繫到的作者，我們都取得了授權，但有些作者（包括使用筆名的作者），我們無從查詢，又難以割愛，便仍將其作品編入其中，並為這些作者保留了稿酬，一方面懇請這些作者諒解，另一方面希望他們也能主動與我們聯繫。

心理勵志小百科好書推薦

全世界都在用的80個
關鍵思維NT：280

學會寬容
NT：280

用幽默化解沉默
NT：280

學會包容
NT：280

引爆潛能
NT：280

學會逆向思考
NT：280

全世界都在用的智慧
定律 NT：300

人生三思
NT：270

陌生開發心理戰
NT：270

人生三談
NT：270

全世界都在學的逆境
智商NT：280

引爆成功的資本
NT：280

每個人都要會的幽默學
NT：280

潛意識的智慧
NT：270

10天打造超強的成功智慧
NT：280

華志文化事業有限公司
HUACHIH CULTURE CO., LTD

116 台北市文山區興隆路 4 段 96 巷 3 弄 6 號 4 樓
E-mail：huachihbook@yahoo.com.tw　電話：(886-2)22341779

【圖書目錄】

書號	書名	定價	書號	書名	定價
		健康養生小百科 18K			
A001	圖解特效養生 36 大穴（彩色）	300 元	A002	圖解快速取穴法（彩色）	300 元
A003	圖解對症手足頭耳按摩（彩色）	300 元	A004	圖解刮痧拔罐艾灸養生療法(彩）	300 元
A005	一味中藥補養全家（彩色）	280 元	A006	本草綱目食物養生圖鑑（彩色）	300 元
A007	選對中藥養好身（彩色）	300 元	A008	餐桌上的抗癌食品（雙色）	280 元
A009	彩色針灸穴位圖鑑（彩色）	280 元	A010	鼻病與咳喘的中醫快速療法	300 元
A011	拍拍打打養五臟（雙色）	300 元	A012	五色食物養五臟（雙色）	280 元
A013	痠痛革命	300 元	A014	你不可不知的防癌抗癌 100 招（雙）	300 元
A015	自我免疫系統是最好的醫院	270 元	A016	美魔女氧生術（彩色）	280 元
		心理勵志小百科 18K			
B001	全世界都在用的 80 個關鍵思維	280 元	B002	學會寬容	280 元
B003	用幽默化解沉默	280 元	B004	學會包容	280 元
B005	引爆潛能	280 元	B006	學會逆向思考	280 元
B007	全世界都在用的智慧定律	300 元	B008	人生三思	270 元
B009	陌生開發心理戰	270 元	B010	人生三談	270 元
B011	全世界都在學的逆境智商	280 元	B012	引爆成功的資本	280 元
B013	每個人都要會的幽默學	280 元	B014	潛意識的智慧	270 元
B015	10 天打造超強的成功智慧	280 元			
		諸子百家大講座 18K			
D001	鬼谷子全書	280 元	D002	莊子全書	280 元
D003	道德經全書	280 元	D004	論語全書	280 元
		休閒生活館 25K			
C101	噴飯笑話集	169 元	C102	捧腹 1001 夜	169 元
		生活有機園 25K			
E001	樂在變臉	220 元	E002	你淡定了嗎？不是路已走到盡頭，而是該轉彎的時候	220 元

E003	點亮一盞明燈：圓融人生的 66 個觀念	200 元	E004	減壓革命：即使沮喪抓狂,你也可以輕鬆瞬間擊潰	200 元
E005	低智商的台灣社會：100 個荒謬亂象大解析，改變心態救自己	250 元	E006	豁達：再難也要堅持，再痛也要放下	200 元
			命理館 25K		
F001	我學易經的第一步：易有幾千歲的壽命，還活得很有活力	250 元			
			口袋書系列 64K		
C001	易占隨身手冊	230 元	C002	兩岸簡繁體對照手冊	200 元

【純電子書目錄（未出紙本書）】

書號	書名	定價	書號	書名	定價
			人物館		
E001	影響世界歷史的100位帝王	300元	E002	曾國藩成功全集	350元
E003	李嘉誠商學全集	300元	E004	時尚名門的品牌傳奇	280元
E005	世界最有權力的家族	280元			
			歷史館		
E101	世界歷史英雄之謎	280元	E102	世界歷史宮廷之謎	280元
E103	為將之道	280元	E104	世界歷史上的經典戰役	280元
E105	世界歷史戰事傳奇	280元	E106	中國歷史人物的讀心術	280元
E107	中國歷史文化祕辛	280元	E107	中國人的另類臉譜	280元
			勵志館		
E201	學會選擇學會放棄	280元	E202	性格左右一生	280元
E203	心態決定命運	280元	E204	給人生的心靈雞湯	280元
E205	博弈論全集	350元	E206	給心靈一份平靜	280元
E207	謀略的故事	300元	E208	用思考打造成功	260元
E209	高調處世低調做人	300元	E210	小故事大口才	260元
E211	口才的故事	260元			
			軍事館		
E301	世界歷史兵家必爭之地	280元	E302	戰爭的哲學藝術	280元
E303	兵法的哲學藝術	280元			
			中華文化館		
E401	中華傳統文化價值觀	260元	E402	人生智慧寶典	280元
E403	母慈子孝	220元	E404	家和萬事興	260元
E405	找尋中國文化精神	260元			
			財經館		
E501	員工的士兵精神	250元			

國家圖書館出版品預行編目（CIP）資料

捧腹1001夜 / 弗雷德（Fred）作. -- 初版. -- 新北市：　華志文化, 2013.07
　面；　公分. --（休閒生活館；2）
ISBN 978-986-5936-45-7（平裝）

856.8　　　　102010053

華志文化事業有限公司
系列／休閒生活館002
書名／捧腹一〇〇一夜

作者　弗雷德（Fred）
執行編輯　林雅婷
美術編輯　簡郁庭
封面設計　葉若蒂
文字校對　陳麗鳳
企劃執行　康敏才
總編輯　黃志中
社長　楊凱翔
出版者　華志文化事業有限公司
電子信箱　huachihbook@yahoo.com.tw
地址　116台北市文山區興隆路四段九十六巷三弄六號四樓
電話　02-22341779
印製排版　辰皓國際出版製作有限公司

總經銷商　旭昇圖書有限公司
地址　235新北市中和區中山路二段三五二號二樓
電話　02-22451480
傳真　02-22451479
郵政劃撥　戶名：旭昇圖書有限公司（帳號：12935041）
電子信箱　s1686688@ms31.hinet.net

出版日期　西元二〇一三年七月初版第一刷
售價　一六九元

華志文化

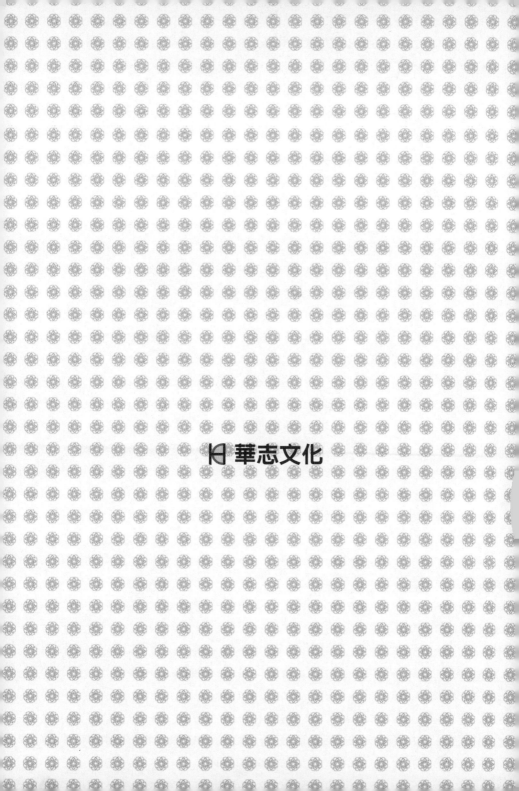

華志文化

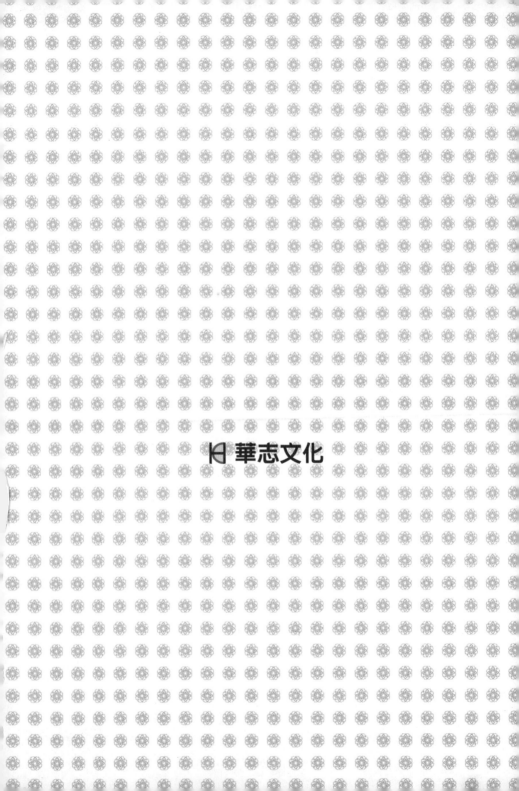